FOLIO POLICIER

Jean Amila

Le Boucher des Hurlus

Gallimard

Jean Meckert (1910-1995), alias Jean Amila, choisit des héros ordinaires dont il décrit la vie quotidienne et la révolte contre une société dont ils refusent les règles. Parallèlement, il a travaillé pour le cinéma comme adaptateur et dialoguiste.

La mère était rentrée tard et elle avait directement filé à la cuisine.

Il n'y avait pas de salle de bains et le petit garçon pouvait entendre qu'elle se lavait à l'évier. Il faisait ses devoirs et n'avait pas voulu intervenir, mais il se doutait qu'on baignait encore dans le drame.

Plusieurs fois déjà des commères avaient jeté des œufs pourris ou des immondices sur la Maman. Alors elle revenait toute sale et, simplement, elle lavait sa peau, son linge, sa coiffure.

Au bout d'un moment il avait entendu qu'elle ouvrait la cuisine.

— Ne regarde pas !

C'était pudeur, il la savait déshabillée, traversant la petite salle à manger pour aller dans la chambre. Mais c'était un tel cri assourdi de bête blessée qu'il avait levé la tête de ses cahiers et il l'avait vue.

Elle n'avait guère que son linge du dessous et tenait sa longue jupe et son corsage contre sa poitrine nue. Elle était décoiffée, avec tout un côté du chignon qui tombait en longs cheveux noirs jusqu'à la taille. Et puis elle avait du sang sur le front et sur une oreille.

Elle avait disparu, avant qu'il ait le temps de prononcer un mot. Il s'était levé, s'approchant de la porte de chambre refermée.

— M'man ! Qu'est-ce qu'il y a ?

— T'occupe pas. Je suis tombée.

Il savait que ce n'était pas vrai, pas si simple. Une fois déjà, au marché, il avait entendu les sales commères qui ricanaient au passage de la Maman. Elles disaient salope ! bolchevik !... Et même à lui une espèce de grosse poufiasse avait craché : « Enfant de lâche ! »

Car c'était comme ça dans le quartier. Il y avait des veuves de guerre, donc femmes de héros morts pour la Patrie. Et d'autres encore avec des bonshommes revenus avec une médaille en plus et une patte en moins, et peut-être aussi un zizi en déroute parce qu'elles roumionaient que le jules était marqué par la guerre et que c'était elles les vraies victimes. Alors, d'autant plus exorbitées contre les mutins de 17, les révolutionnaires qui n'avaient plus voulu monter au feu.

— Des lâches ! Des défaitistes ! On les a fusillés, c'est bien fait !

Et il semblait tout à fait normal qu'on s'attaque à l'épouse et à l'enfant dont le père avait été fusillé en novembre 1917 avec ses camarades qui avaient refusé de monter à l'assaut de Perthes-les-Hurlus, dix fois repris et reperdu, où près de cent quarante mille « Poilus » étaient morts pour rien, car l'endroit n'avait aucune valeur stratégique et on ordonnait ces boucheries inutiles uniquement pour « entretenir le moral de la Troupe ».

Rien de tel que les femmes de héros pour suer la vengeance. Légalement on ne pouvait pas grand-chose contre la femme et l'enfant Lhozier qui n'étaient pas mobilisables. Mais du moins on pouvait leur rendre la vie impossible, au nom de la Patrie.

— Fous ton camp, ordure ! Ne salis pas le souvenir de nos hommes qui ont fait leur devoir !

C'était ainsi, dans cet immeuble dit « bourgeois » de la rue de Bagnolet. Et les pires de ces rombières étaient encore celles dont l'homme était embusqué en usine à tourner les Obus de la Victoire, qui n'avaient pâti en rien durant ces quatre années, et qui étaient donc les premières à ouvrir leur grande gueule.

Et même à frapper à coups de parapluie. C'est ce qui s'était passé ce jour-là.

La pire ennemie était une voisine de l'étage en dessous. Le gamin connaissait à peine son nom mais, comme sa maman, il l'appelait la mère Venin.

C'était une mauvaise femme sèche, à peine plus grande que la Maman, mais qui paraissait perche à croc avec son long tarin et son menton galoche qui tendaient à se rejoindre comme un bec de sorcière. Pas jojo la grande vache, avec sa chignasse noir corbeau et l'œil du même métal qui semblait fait pour vriller les serrures.

La Maman était sortie de la chambre, repeignée et sentant l'eau de Cologne. Il n'y avait pas à minimiser, elle avait bien une blessure au front, à un centimètre de l'œil droit. Faute de mieux elle y avait mis un coton hydrophile qui tenait avec un simple papier collant. Elle essayait de rire.

— Je suis belle, hein ? Me voilà blessée de guerre, j'ai bonne mine !

Le petit Michou regardait sa mère. Il n'avait rien à dire, sauf qu'il sentait qu'un cran était passé dans la sombre connerie du voisinage. Il ne s'agissait plus seulement de basse engueulade ou de projection de trognons de choux. On avait blessé la Maman, d'un rien lui crevant un œil. La voie était ouverte au simple massacre bestial, au nom des grands bourre-mous patriotards et vengeurs.

— Qu'est-ce qu'ils t'ont fait, M'man ?

— Tu vois... C'est cette salope de mère Venin... Coup de parapluie à la figure... Autant que tu saches. Ils veulent tous qu'on crève !

Elle paraissait encore essoufflée, palpitante, mais malgré tout rengorgée et fiérote comme le boxeur sonné mais tout de même vainqueur, bras en l'air et saluant son public.

— ... Lui ai foutu la tatouille, à c'te grande vache ! Elle n'est pas près de recommencer !

Elle était passée à la cuisine pour préparer le dîner. Le petit Michou qui avait juste un peu plus de huit ans était resté à faire un dessin sur un cahier. On reconnaissait deux dames en longue jupe, dont l'une était bien belle, et l'autre toute longue, interminable et pointue de partout, avec en plus un parapluie projeté comme une épée. Et voilà que derrière cette mère Venin se dressait bientôt un autre personnage en quelques traits. C'était un petit garçon en culotte courte serrée et boutonnée aux genoux, avec un gros marteau à bout de bras qui cognait sur la Venin… Bing ! sur le crâne à chignon ! Et même, au crayon rouge, il traçait des flots du sang qui coulait, qui envahissait la gueule à la Venin, et son corsage, et sa jupe, tout partout, jusqu'à devenir une tache rouge barbouillée, formant une inscription sanglante « Morte la Venin, morte la Bête ! », car le garçon gaucher avait des lettres et de l'orthographe.

À table, un peu plus tard, la mère n'en avait pas dit davantage sur cette sordide bagarre à rouler au trottoir. Mais elle avait demandé au garçonnet si on le laissait tranquille à l'école.

— On ne te fait pas de réflexions sur ton père ?

Non, à vrai dire, les copains paraissaient se foutre éperdument de la conduite guerrière du papa Lhozier. Tout au plus, chez ceux qui savaient, y avait-il une certaine envie nostalgique d'avoir eu un père fusillé comme forte tête, plutôt qu'un paternel béat et bêlant dans ses quatre ans de tranchée, tout con comme multitude et maintenant enseveli sous les décombres d'une guerre qu'on disait gagnée.

Pour les maîtres, c'était différent. Certes on ne le malmenait pas à coups de parapluie, mais il était un peu sous haute surveillance. Fils de mutin, donc suspect, on avait commencé par le rétrograder dans ses classes, quoiqu'il soit reconnu intelligent et « en avance ». Mais enfin, Dieu lui-même ignore où mènent les idées avancées !

— On n'est plus que nous deux, mon petit Michou. De mon côté, du côté de ton père, ils ont tous tiré le trait, ils ne veulent plus de nous.

— Pourquoi ? On ne leur a rien fait !

— Sûr ! Mais, comme dit ton oncle, ils ne veulent pas d'un bolchevik dans la famille.

— Qu'est-ce que c'est : bolchevik ?

— Je n'en sais rien. Et possible que ton père n'en savait rien non plus. Il faut être fier de lui, tu m'entends ! Il était contre ce côté moche de n'importe quelle guerre, qui donne tout pouvoir à des petits péteux, qui leur permet d'envoyer des hommes se faire massacrer pour rien, tandis qu'ils se gagnent des galons et des étoiles.

Car la Maman avait mauvais esprit, c'était reconnu. Sans doute lui aurait-on pardonné d'être épouse de mutin, si elle avait bien voulu cracher sur son homme. Mais dans le quartier on avait compris qu'elle était une sale révoltée, une pas-conforme, une qui comptait les morts inutiles, qui assenait l'évidence dont on avait fait plaisanterie lourdingue : « Toujours les mêmes qui se font tuer ! » ; pour passer l'horrible sauce. Ainsi des rares cœurs purs criaient à la Justice. Les assassins étaient connus et nul n'osait les poursuivre, par simple et profonde lâcheté.

— Rappelle-toi de ces noms-là, mon petit bonhomme ! Souviens-toi du Mangin, du Pétain qui ont tout laissé faire et qui se voulaient des « morts pour l'exemple ». Souviens-toi du général de division Des Gringues, avec ou sans rotule ! Des Gringues qu'on appelle encore le Boucher des Hurlus, où il a gagné ses étoiles. Tu vas grandir, tu vas devenir fort. Ces gens-là, il faudra les tuer !

C'était toujours dit gentiment et sans vraie haine. Plutôt comme si elle recommandait au garçon d'avoir à se tenir propre et chasser la vermine.

Très petits moyens, à la maison, et nourriture comptée. Aucune pension à la mère, ni à l'enfant, du fait que le mariage avait été une régularisation par procuration trop tardive, ou toute autre astuce de l'arsenal administratif. En vrai, les autorités n'aimaient pas beaucoup les femmes de mutins, placées pratiquement sous contrôle policier. Quant à l'enfant, il était comme nul et non avenu. D'un rien on aurait volontiers passé ça au lance-flammes, et qu'on n'en parle plus, pour la plus grande gloire de Dieu et de la Nation.

La Maman arrivait à subsister en faisant des ménages chez des bourgeois plus lointains qui ignoraient sa situation. La mère Venin ne manquait jamais de dire que la petite Maman Lhozier faisait le trottoir. Et dans les rencontres de palier c'était toujours de sordides prises de gueule au sujet de leur cul réciproque, toujours plus propre ou plus sale que l'autre… Juponneries sans conséquences, du moins jusque-là.

Il y avait un buffet, du genre faux Henri II, avec petites sculptures et colonnades dans un bois plein traité au brou de noix. Les chaises étaient capitonnées de cuir et la table à rallonges avait les pieds tournés dans le style du buffet. Le tout intégralement payé au crédit Dufayel, car il y avait eu un peu de fric à la maison, du temps que le papa était compagnon typo, avant qu'il aille se faire fusiller aux Hurlus.

Sa photo était sur la cheminée de la chambre, peut-être un peu pâlotte parce que trop agrandie d'après un négatif de groupe. Pas du tout en troufion, mais en gars à petite moustache et rouflaquettes sur arrière-fond de rotos. La Maman disait qu'il était anarcho-syndico et apparemment elle ne savait pas très bien expliquer au môme ce que ça voulait dire.

— Tu verras ça quand tu seras plus grand.

Ce soir-là elle était déprimée, elle voulait tout lâcher, trop seule contre l'immonde bêtise des héros de quartier.

— Qu'en penses-tu, mon petit bonhomme. On pourrait peut-être s'en aller ailleurs. On tâcherait de vendre la salle à manger, ça nous ferait un peu de sous d'avance. On irait dans un autre quartier. Dans une nouvelle école ils verraient bien que tu es intelligent comme ton père. Alors on ne serait pas coincés comme ici. Tu pourrais plus tard faire des concours, aller dans les écoles supérieures...

Elle rêvait. En vérité elle était du quartier et entendait y mener son combat jusqu'au bout. De nouveau fiérote.

— … Si tu avais vu ça ! La Venin je la tenais au trottoir et je lui balançais des torgnoles ! Je lui ai cassé son pébroque ! Elle est toute en gueule, c'te déjetée dégueulasse ! Rien dans la viande, comme une araignée. Y a fallu que les bonshommes m'empoignent pour me la retirer ! T'aurais vu ça, elle gueulait qu'elle avait perdu ses fausses dents !… Non, c'est pas moi qui dois foutre le camp d'ici ! Hein, Michou ? Tu l'aimes bien, ta maman ?

— Oui, M'man ! J'aurais voulu être là ! Moi, je pourrais peut-être la pousser pour qu'elle se ramasse dans l'escalier, cette grande vache !

— Est-ce qu'elle t'a déjà fait des réflexions, à toi ?

— Non, elle est trop faux jeton. Elle dit : « Pauvre enfant, c'est pas sa faute ! »

— Faut surtout pas lui répondre ! Ils n'attendent sans doute qu'une occasion pour te faire envoyer en maison de correction. Et moi, s'ils font ça, je fous le feu à la baraque, tu m'entends ! Je veux les voir griller, sauter les étages, s'écraser au macadam ! Elle est mauvaise ta maman, hein ?

— Non, M'man.

Le petit gars connaissait bien sa mère pas méchante et même très bonne, ouverte et généreuse. Mais elle était là comme une bête acculée. Elle avait à se défendre contre la meute, comme la biche assaillie par les infâmes clébards de la grande chasse à courre, amusement des ganaches, mâles et femelles.

— M'man, j'ai mon lance-pierres. La Venin, je peux te la dégommer en coin de rue. Et je te jure qu'on n'y verra que du feu !

— Tu es gentil. Tu es mon bon petit gamin. Mais je t'interdis d'y toucher. Il ne faut pas compromettre ton avenir à cause d'une pareille ordure !

Il n'y avait jamais beaucoup d'argent, mais la Maman tenait à ce que son petit garçon ne soit pas privé. Il pouvait donc manger à sa faim, il était toujours bien habillé et ses cheveux blonds albinos bien soignés encadraient le visage enfantin, juste un peu trop sérieux pour ses huit ans et demi.

À la cuisine il aidait la Maman à essuyer la vaisselle. C'était assez étroit avec la cuisinière à poussier, pour laquelle on formait des boulets avec des morceaux de journaux humides et séchés au four. Ça fumaillait et ça chauffait mal, avec une odeur entêtante de goudron, mais c'est ce qu'il y avait de plus économique.

On avait cogné à la porte, quelqu'un de pas content qui ne frappait pas courtoisement de l'index mais d'une grosse patte-massue à ébranler l'huisserie.

— Ouvrez ! Je sais que vous êtes là !

C'était le bonhomme à la Venin, un gras-à-lard à qui la guerre avait réussi, ayant échappé à la tuerie parce que vaguement bigle. Il avait néanmoins un uniforme, comme surveillant aux portes de la ville. On disait à voix basse qu'il s'était assez bien démerdé, avec la tenue de gabelou, le kébour et les brodequins. Il disait avoir été aux premières loges au moment de l'explosion de La Courneuve. Ça lui donnait le droit de parler haut et ferme.

— Madame, je vous somme d'ouvrir, sinon j'appelle la police !

— Rien à vous dire ! Votre espèce de furie a voulu me crever les yeux avec son parapluie ! C'est moi qui vais porter plainte, dès demain matin !

— Je vous somme de m'ouvrir !

— Merde, sale gabelou ! Fous-moi la paix !

Le petit garçon pouvait voir sa maman très pâle, à la porte bouclée. Elle tremblait. Sa blessure au front suintait du rouge sur le coton. Elle était belle comme une martyre. Alors il avait pris le couteau à découper, dans le tiroir du petit buffet de cuisine. C'était long de vingt centimètres, effilé et pointu. Ce n'était pas une arme réputée telle, mais ça pouvait faire mal. Il s'était approché de la porte.

Il semblait que, derrière, le père Venin n'était pas seul. Un peu comme si tout l'immeuble avait pris possession du palier. Ça tournait au ridicule.

— Madame, vous avez cassé le parapluie de mon épouse. Je demande réparation, poliment, devant témoins !

On pouvait entendre des commères qui le pressaient d'enfoncer la porte. Il s'en défendait.

— Je tiens à rester dans la légalité ! Je ne suis pas un de ces rouges sans foi ni loi… Vous m'entendez, Madame ! Je vais vous prier de me suivre au Commissariat.

La maman était toute blanche contre la porte. Elle avait vu le petit qui serrait le grand couteau.

— Veux-tu reporter ça où tu l'as pris !... Tiens, aide-moi plutôt !

Elle avait pris une chaise et l'avait posée en arc-boutant contre la porte que maintenant le gros Venin cognait à coups de pied en gueulant qu'il allait s'énerver.

Et puis il y avait eu comme un conciliabule, et plus rien. Le Venin et les autres avaient dû regagner leurs pénates après ce coup d'éclat.

— Ceux-là..., disait la Maman... Ceux-là !

Elle ne savait plus rien dire d'autre, claquée. Néanmoins elle avait souri en retrouvant le couteau à découper sur la petite table de cuisine.

— Tu voulais défendre ta maman, mon petit homme ?

— Oui, M'man.

— Laisse donc ! Faut les laisser dégueuler leur bile. Ils veulent nous rendre la vie impossible...

Et brusquement elle avait sangloté.

— Mon petit Michou, je crois que je ne vais pas tenir le coup. C'est décidé, on va changer de quartier. Je ne voulais pas te le dire, mais je crois que j'ai quelque chose en vue, rue Cardinet. Tu connais ?

— Non.

— C'est juste une chambre au septième. On serait obligés de tout liquider, mais il y a une jolie vue et c'est près du parc Monceau... Et puis il y a des collèges. C'est un quartier rupin où ils sont peut-être un peu moins bêtes...

Le petit garçon aux cheveux en boule dorée écoutait la Maman exposant sa démission. Il semblait ne pas être d'accord ; le regard au plancher, hochant négativement la tête.

— M'man, si ça les fait chier qu'on reste ici, alors faut rester !

— Ttt ! Ttt ! Pas de mots grossiers, mon petit bonhomme. Tu sais, le but de la vie n'est pas forcément de... d'ennuyer les autres.

— Bin qu'est-ce qu'ils font, eux ?

— Justement ! On ne va quand même pas faire comme eux, non ?

Le garçon pesait l'argument, ne trouvant pas la réplique. Il pouvait voir le petit coton rouge au-dessus de l'œil droit de la Maman. C'était bien elle qui avait été blessée, c'était bien le père qui avait été assassiné... Lui, on l'avait seulement fait dégringoler de deux classes, on avait cessé de s'intéresser au fait qu'il semblait être remarquablement doué, lorsqu'on avait appris que le papa avait été fusillé à Perthes-les-Hurlus et qu'il était donc un fils de maudit... Il souffrait seulement de ce que le corps enseignant ait les miches à zéro, ça n'avait pas de commune mesure.

— On fera comme tu veux, M'man.

Il couchait dans la salle à manger, dans un petit lit pliant, ouvert en permanence avec un gros édredon rouge. Il avait des gouttes à se mettre dans le nez, car la Maman le croyait faible des bronches. Mais avant de se filer au lit il restait longtemps à bouquiner sous la suspension à contrepoids qui rabattait la lueur un peu verdâtre du manchon à gaz.

Il lisait un peu tout, tandis que la Maman cousait, soit à la main, soit à la Singer à pédale. C'était le travail du soir, des commandes qu'elle obtenait parfois d'une maison de confection dans la lingerie tout-aller, ou les chemises de soldats. Elle travaillait jusqu'à dix heures à la lueur d'une lampe à pétrole, parce que la lumière de la suspension était insuffisante. À dix heures et une minute, lorsqu'elle s'oubliait à la machine, on entendait cogner au plafond pour la rappeler à l'ordre.

En soi, la lampe à pétrole était ordinaire avec un pied tout en hauteur et un abat-jour satiné à bordure de dentelle. Il fallait enlever le verre matador pour allumer la mèche qu'on réglait avec un bouton moleté. Ce qui était un peu moins ordinaire, c'était la réserve de pétrole dans le bas du placard de la chambre. Il y avait bien quinze à vingt bouteilles d'un litre, toutes bien pleines ; au moins une bonne année d'avance.

Plus que thésaurisation, c'était défi. Chaque fois qu'elle le pouvait la petite Maman Lhozier passait les fortifs de Bagnolet pour acheter son pétrole à la proche épicerie. La denrée était taxée sur Paris et il fallait payer quelques sous à l'octroi. Alors, comme bien d'autres femmes, elle attachait son litron sous ses longues jupes et passait à la barbe du gabelou… « Rien à déclarer ! »

Parfois le préposé, pas dupe, grognait qu'il avait un droit de regard. Alors il faisait arrêter la présumée délinquante par un flic et la faisait garder jusqu'à l'arrivée d'une matrone appointée qui avait le droit de soulever les jupons. Haro sur le gabelou qui faisait un métier dégueulasse… Toutefois, pour le père Venin qui opérait à la barrière du Pré-Saint-Gervais, à deux ou trois kilomètres de là, c'était comme une histoire d'autre quartier, d'autre planète. Les dames de la rue de Bagnolet ne se sentaient pas concernées.

Une fois, encore en pleine guerre, la petite Maman Lhozier avait poussé jusqu'à la porte du Pré pour provoquer le Venin réglo qui crachait sur les défaitistes rouges. Il l'avait en effet arrêtée. Alors elle avait elle-même soulevé ses jupes… « Regarde donc, saligaud ! Ça te changera de ton squelette ambulant ! »… Mais hélas, tout se paie, dans la vie. Et la petite Maman comprenait qu'on en arrivait au féroce règlement de comptes.

Un peu avant dix heures on avait de nouveau frappé à la porte.

C'était plus discret que le père Venin mais ça insistait, gênant. Et puis une voix de bonhomme avait annoncé : « Ouvrez ! Police ! »

Le garçonnet se sentait révulsé, comme s'il pressentait l'arrivée du Malheur. La Maman le regardait, repassant au blême émotif. Elle lui faisait : chut !… Elle avait baissé la flamme de la lampe.

Mais à la porte on insistait, en l'appelant par son nom.

— Madame Lhozier, ouvrez ! Vous vous mettez dans votre tort !

Alors elle y était allée à petits pas. La chaise coinçait toujours la porte et le verrou était mis. Elle avait demandé qui était là.

— Le commissariat de police, requis par un particulier. Ouvrez !

— Des clous ! Il est passé l'heure d'entrer chez les gens ! J'irai demain chez vous.

— Ouvrez ! Il y a une plainte pour trouble de l'ordre public ! Ouvrez immédiatement !

— Vous n'avez pas le droit ! Allez-vous-en !

— Résistance à l'autorité. Vous aggravez votre cas !

— Qu'est-ce qui me prouve que vous êtes la police ? C'est peut-être un truc de cambrioleur. Non, je n'ouvre pas !

Ça paraissait tout bête. Le petit garçon était venu contre sa mère.

— Ne lui réponds pas, M'man.

Il sentait qu'elle tremblait. Elle flairait l'hallali, elle se touchait l'arcade sourcilière blessée, elle suait. Elle avait embrassé son petit.

— Va te coucher, mon Michou.

Dehors, l'homme de la police annonçait qu'il était là avec deux agents en uniforme, qu'il agissait en vertu d'un droit de suite selon la rumeur publique, article numéro tant du Code pénal...

— Ne m'obligez pas à faire sauter la porte, Madame. Je vous parle dans votre intérêt.

Tout l'immeuble devait écouter, ravi dans une silencieuse hystérie. La petite Maman en fichu sur son corsage de dentelle perdait pied.

— J'ai mon petit garçon qui dort, s'il vous plaît… Je passerai vous voir demain.

— Ouvrez, Madame ! Constat d'identité, c'est tout ! Ne craignez rien, nous savons agir avec discrétion. Mais il faut ouvrir. Allons, Madame, soyez raisonnable !

La voix devenait plus onctueuse, paternellement grondeuse, rassurante.

— Oh, la la ! gémissait la petite Maman. Je peux vous passer mon livret de famille sous la porte, si vous y tenez. Mais faudra me le rendre, n'est-ce pas ?

— Bien sûr, Madame, nous allons nous entendre. Je vous passe moi-même une carte excipant de ma qualité d'officier de police. Entrouvrez simplement votre porte. Je vous donne ma parole que je ne chercherai pas à la forcer. Il ne s'agit pas d'une perquisition mais d'un simple constat d'identité.

Le petit garçon pouvait voir sa maman qui paniquait, qui ne savait plus que faire, depuis trop longtemps déjà blessée par cette salope de Société menteuse et bouffeuse de pauvres gens. Il faisait : non, non ! de la tête, mais sa mère ne le regardait plus. Elle avait le front tout contre le bois de la porte, elle se plaignait, elle disait que c'était elle la victime.

— … Cette bonne femme voulait me crever les yeux avec son parapluie, Monsieur. Vous verrez, je suis blessée à un centimètre de l'œil. Et c'est moi qu'on vient inquiéter. C'est injuste !

— J'ai ma carte à la main, Madame. Ouvrez seulement de quelques centimètres pour la voir, et pour voir les agents en uniforme.

— Vous n'allez tout de même pas m'embarquer, moi la victime ?

— Il n'en est absolument pas question. Nous allons nous entendre. Ouvrez, Madame ! Soyez raisonnable !

Et la petite Madame Lhozier avait entrouvert la porte. L'autre n'avait pas fait irruption. Il restait sur le palier, courtois, un peu engoncé dans un pardessus lourd, avec un melon sur le crâne. Derrière lui on apercevait un flic en pèlerine.

— Voilà qui est mieux ! Ne craignez rien, Madame, vous avez bien affaire à des représentants de l'autorité.

— Qu'est-ce qu'on me veut ?

Il avait aperçu Michou qui se tenait dans l'encadrement de la salle.

— Je croyais que le petit garçon dormait... Juste quelques questions à vous poser, Madame. Pouvez-vous lui dire de passer dans la pièce voisine ?

— Oui... Va dans la chambre, Michou.

Visiblement elle flanchait, elle craquait. Depuis des mois, depuis novembre 17 elle tenait tête au voisinage crétin et malveillant. Mais sans doute cette journée avait-elle été trop rude aux nerfs, avec cette immonde bagarre, ce sentiment d'être rejetée par tous, d'être seule avec son enfant, tandis que la Police venait maintenant lui casser les reins sur dénonciation d'un gabelou.

Le flic était entré sans qu'elle s'y oppose. Il faisait : hem ! il prenait pied, il était content de lui. Tout se passait en douceur, on n'est pas des barbares !

Voilà qu'un agent en pèlerine entrait aussi, tandis qu'un autre se postait dans la porte. On disait doucement à la petite Maman qu'il serait plus convenable d'aller décliner son identité devant le Commissaire lui-même.

— C'est l'affaire d'un petit quart d'heure. Le garçon va en profiter pour se coucher et dormir. N'est-ce pas, mon poulet ?

Faux jeton ! Michou se sentait vidé de son sang. On embarquait sa Maman ! Et elle n'arrivait pas encore à le comprendre, elle discutait dans le vide, elle voulait montrer son livret de famille... Mais l'autre insistait.

— Devant Monsieur le Commissaire, ma petite Madame. Juste l'aller et retour.

Elle avait enfin compris. Elle avait dit non. Elle empoignait la table comme pour s'y river.

— Je ne bouge pas ! Vous me tuerez sur place, mais je ne bouge pas !

— Allons, Madame, ne vous donnez pas en spectacle devant votre enfant ! Reste là, mon petit coco !

La voix était douce, mais la poigne féroce. Michou l'avait senti au bras, à l'épaule, on le poussait sans grand ménagement dans la chambre. Il n'avait plus de jambes, il criait : « M'man, reste là ! » L'autre serrait plus fort : « Tais-toi ! »… On l'avait envoyé bouler au mitan de la chambre et on avait fermé la porte. Il s'était relevé aussitôt, s'était précipité. Mais l'autre tenait la poignée, derrière. Il secouait en vain et il pouvait entendre la Maman qui criait : « Ne me touchez pas ! »

On entendait des bruits de meubles bousculés. On ne la battait peut-être pas, mais sûrement on l'emmenait… « Non… Non ! »… Ça devenait hurlement dérisoire. Elle devait se défendre. Les autres disaient : « La vache ! » Ça piétinait, ça s'éloignait. Ils devaient être maintenant sur le palier. Sans doute ils la portaient. Les cris n'avaient plus rien d'humain. Et bientôt ils étaient étouffés, comme si on lui avait rabattu une pèlerine sur la tête.

— M'man ! Reste là !

Mais ça ne servait plus à rien. Le gamin avait senti du mou dans la poignée, la porte pouvait s'ouvrir.

Il n'y avait plus personne. La grosse table Henri II était renversée contre la machine à coudre. La lampe matador était cassée au plancher. Ça sentait le pétrole.

Le mec en melon était dans l'entrée et fourgonnait des clés dans la serrure. On pouvait entendre dans l'escalier les cris étouffés, la déboulade des croquenots et des voix vengeresses qui gueulaient : « Bien fait pour sa gueule ! », et même un invraisemblable : « Sale Boche ! »

Il s'était précipité, mais le mec en melon lui avait balancé deux mornifles, clic ! clac !… « Tranquille, toi, merdeux ! » Et il avait refermé la porte à clé, de l'extérieur.

Il ne s'était pas passé une minute, on n'entendait plus rien. Et puis les clés avaient tourné dans la serrure.

Ce n'était pas le flic, mais Venin le gabelou et sa moitié fidèle en forme de hallebarde. Et c'était elle, incroyable faux cul, qui prenait des mines apitoyées, qui disait : « Pauvre enfant ! »

Monstrueux culot ! D'abord il n'avait pas su réagir, gorge serrée, cerveau en passoire qui laissait filer les répliques.

Mais comme ils entraient dans la salle et qu'elle se penchait sur lui, il lui avait craché à la gueule : « Je vous tuerai, je le jure ! »

Alors ils l'avaient empoigné en hurlant : « Sale graine ! » ils lui avaient collé le visage dans l'édredon rouge, et ils avaient appuyé, appuyé…

Il avait perdu connaissance.

Le coiffeur avait ajusté le petit siège en osier sur le grand fauteuil. Puis il avait aidé le gamin à s'installer.

— Youp !

Comme le môme restait raide il avait tenté de le décrisper.

— Tu vas voir, ça ne fait pas mal. Tu ne vas tout de même pas pleurer ? Quel âge as-tu ?

Le gamin semblait terrorisé, n'entendant rien, incapable d'ouvrir le bec. Le coiffeur s'était tourné vers le garçonnet accompagnateur.

— Quel âge, ton petit copain ?

— Je crois qu'il a huit ou neuf ans, M'sieur. Il arrive.

— Et toi, tu es grand. Quel âge ?

— Onze ans et demi, M'sieur.

Il avait une blouse noire serrée par un ceinturon à boucle. Un pantalon pisseux et avachi n'arrivait pas à faire le joint avec les grolles cloutées, craquelées, mais néanmoins cirées. De la blouse passait le col blanc de la chemise, agrémenté d'une lavallière noire. Et sur le crâne il avait un béret genre chasseur alpin, profondément enfoncé au front et aux oreilles. C'était l'uniforme de sortie des orphelins de guerre de la rue de Colombes.

Un client avait manifesté réprobation.

— De mon temps les enfants retiraient leur chapeau en parlant aux grandes personnes !

— Laissez, Monsieur Doucet, était intervenu le coiffeur. C'est pas très joli à voir.

— Il a le crâne rasé ?

— Oui. Et en plus de ça ils leur collent une espèce de teinture d'iode contre les totos. Heureux qu'ils ne soient pas encore en âge de vouloir plaire aux filles !

Il avait serré la serviette au cou du gamin. Il avait passé la main dans les beaux cheveux blonds qui encadraient en boule le visage de petit page.

— Si c'est permis… Allons, on va y aller, mon garçon. Tu vois, tu n'es plus un bébé. C'est comme si tu devenais un petit homme.

Il avait commencé par tailler aux ciseaux avant de passer la tondeuse triple zéro. Les cheveux tombaient par paquets, sur la serviette et sur le siège.

— Ils n'ont donc plus leur mère ? interrogeait le client.

— Faut croire… Hein, mon petit gars, qu'est-ce qu'elle fait ta maman ?

Pas de réponse.

— Ils ne sont pas très causants, avait constaté le client. Combien sont-ils, là-dedans ?

— Une cinquantaine, je crois. Toutes les six semaines j'y vais avec le commis. C'est pas ce que ça rapporte ! En plus de ça, c'est cafardeux de passer les boules à zéro durant toute une matinée.

— Ils sont pupilles de la Nation ?

— Peut-être… Bien que, de ce que j'ai pu comprendre, c'est assez spécial. Mais les pauvres mômes n'y sont pour rien.

— Comment ça, spécial ?

— Je vous en parlerai, Monsieur Doucet… N'est-ce pas, y en a qui s'en sont sortis avec des médailles, et d'autres qui ont tiré le mauvais numéro… huit, neuf, dix, sortez du rang !… Ils ont appelé ça : faire l'exemple. Vous voyez ce que je veux dire ?

— Je vois : Heureusement qu'elle est bien finie, c'te bon dieu de putain de guerre ! Moi, j'étais à Tahure, Monsieur Fernand. Le Chemin des

Dames, offensive du printemps 16. Gazé en 18. Et pas plus fier pour ça !

Peu à peu, un côté après l'autre, les longs cheveux blonds se répandaient sans un bruit, découvrant un petit crâne blême. Le garçon pouvait se voir dans le miroir. Quelqu'un d'inconnu apparaissait ainsi. Il se disait : me voilà donc un homme ! Il ne prêtait aucune attention au bavardage des anciens combattants.

— … Heureusement, la Der des Der ! Ce sera notre héritage à ces mômes-là ! Finie, la Guerre ! Y en aura plus jamais, nulle part ! Les gens ont compris !

— Faut l'espérer. Moi, ce qui me fait peur, c'est plutôt ce qui nous tombe dessus. Vous savez qu'ils ont fermé l'école… Il paraît que l'un des maîtres est mort, rétamé en quarante-huit heures. Et il y en a d'autres, sur Courbevoie et La Garenne. C'est la ronde nocturne des corbillards qui passent au galop, et les croque-morts ont des mouchoirs sur le nez. Comme sur la France entière, et même partout dans le Monde, à ce qu'on dit. On croirait revenus les temps de la Grande Peste.

Petit coup de fion sur le crâne dénudé.

— Ça y est, mon gars. Te voilà tout neuf ! Tu verras, on s'habitue à tout. Qu'est-ce que tu en penses ?

Le bon coiffeur Fernand présentait machinalement le contre-miroir pour que l'enfant puisse se voir la nuque.

— Ça fait froid, M'sieur.

— Forcément ! Dis-moi, le grand, tu as bien un béret pour ton petit copain ?

— Oui, M'sieur.

Le béret tombait sur les yeux et le petit semblait se débattre sous cette cloche envahissante. Tout mignard, déguisé et sinistre avec son pantalon fripé sur ses galoches, comme nulle part aucun enfant de son âge n'en portait, il suivait maintenant le grand Deveau dans la rue.

Ça s'était passé dans le bureau du directeur, au matin. On avait fait venir le garçon en blouse de treillis bleu à fils blancs, crâne rasé et passé à la teinture, vrai forçat. Le nouveau était encore en tenue de ville, avec sa petite culotte de mouflet serrée aux genoux, son chandail tricoté, sa boule de cheveux blonds et ses yeux rouges d'avoir chialé.

— Deveau, tu es bien noté, on peut te faire confiance. Tu vas être le parrain de ce petit arrivant, le temps qu'il s'habitue.

Et le pasteur Martin, long et sec, s'était tourné vers le tout môme.

— Voilà ! Ça va être ton grand frère. Dis-lui voir ton nom.

— Michou, M'sieur.

— Non, pas de prénom ici. Dis voir ton nom de famille. Tu connais ?

— Lhozier, M'sieur... L.H.O.Z...

— Ça va, ça va ! Tu sais lire et écrire ?

— Un peu.

— Lui, il s'appelle Deveau. Ce sera ton parrain. Compris ? Allez... Tu le conduis à la lingerie, puis vous irez au coiffeur.

C'était fait. C'était comme une option définitive, crâne à zéro, uniforme de taulard, fin d'une enfance à huit ans et demi, avec le pantalon qui grattait les mollets, les galoches énormes à haute tige et le béret de sortie qui descendait aux yeux, tout trop grand, trop flouasque, malgré les ourlets hâtifs de Mme Panier, lingère et infirmière.

Ils marchaient du même pas traînant.

— Regarde !

D'un coup de pied sec sur le macadam Deveau savait faire jaillir une étincelle de sa galoche cloutée. Le petit l'avait imité, sans résultat. Le grand frère l'avait consolé.

— Ça ne fait rien. Tu auras tout le temps d'apprendre. Ça te dirait, un zan ? On va passer à la marchande.

— J'ai pas de sous.

— Moi non plus. T'inquiète pas, si elle est bien lunée, c'est elle qui régale. Faut seulement se faire tout petit, le béret à la main, avec le « jaune d'œuf » à l'avant-scène. Elle dit : pauvre petit malheureux... Tu me laisses causer.

Un peu plus loin, au coin de la rue Lambrechts, le grand Deveau avait constaté :

— Bouh ! Les carottes sont cuites !

Il y avait bien une boutique, mais le rideau était baissé, sur lequel on pouvait lire l'avis « Fermé pour cause de décès ».

— Le zan, je crois qu'on l'a dans le baba ! Pauvre vieille !

Une fenêtre était ouverte au premier. Une femme avait passé la tête pour les interpeller. On la comprenait mal. Elle avait l'air d'un fantôme, avec un torchon noué sur les cheveux, et un autre qu'elle se tenait à la bouche. C'était peut-être une infirmière, ou une croque-mort(e). Ou encore une parente qui allait hériter du commerce. Son bandeau-bâillon absorbait les sifflantes.

— Plus de régliche ! N'y a que des chaloperies de miajmes ! On va tout brûler ! Allez-vouj-en !

Deveau avait entraîné le petit filleul.

— ... Des miajmes, ça n'a pas l'air tellement bon à sucer. Mais qu'est-ce qu'ils ont donc dans ce pays, tous à crever comme des mouches ? D'où viens-tu, toi ?

— De la porte de Bagnolet.

— Tu as encore ta mère ?

— Elle est malade. On m'a dit qu'elle était partie se reposer dans une clinique.

— Peut-être qu'elle est morte et qu'on ne veut pas le dire ?

— Sais pas... Les gens sont mauvais avec elle. Ils disent que mon père s'est pas conduit comme il faut à la guerre.

Le parrain en galoches s'était un peu rétracté.

— Les comme il faut, on les endofe à la course !

— Qu'est-ce que ça veut dire ?

— C'est façon de parler... Ce qui serait chouette...

Et le grand Deveau, onze ans et demi, en prenait la mine extatique, comme devant un rêve merveilleux...

— ... Ce qui serait chouette, ça serait qu'ils crèvent tous, les comme il faut ! Un jour on sort de l'Asile et voilà : y a plus que nos pommes ! On a été sauvés par le « jaune d'œuf » sur le crâne ! Vite, grouillons, mon petit mec. On fonce chez la mère Panier pour qu'elle te badigeonne !... Ce serait chouette ; dis ! Plus que nous autres ! On rentre partout, tu m'entends. On pisse dans des chiottes avec une cuvette blanche et une chasse d'eau ! On se passe les fesses au papier de soie, tu te rends compte ! On ouvre les placards, on se refringue à neuf. On se fait la belle vie. Tu crois pas ?

— Si... Je me plais pas, ici. Je veux m'en aller !

— Patience, petit ! Faut d'abord faire connaissance.

Il y avait l'âge, bien sûr. Mais décidément le petit Lhozier était mignature et ne pesait pas lourd. Deveau le regardait, se sentait responsable. Il les connaissait bien, les mômes taulards de l'orphelinat, depuis un an et demi qu'il était là. Il savait que dans les grands il y avait des bons mecs, mais aussi des fumiers débiles qui se feraient un plaisir de flanquer la tatouille clandée au petit avorton frais tondu.

Il en faisait serment, comme pour lui-même.

— On ne te touchera pas. Garanti crache par terre ! N'aie pas les grelots, mon petit Lhozier. Je suis là !

La blouse de tous les jours en treillis bleuâtre godait à ras des fesses. Rien n'était neuf et pourtant tout se tenait raide et suramidonné. Les mômes avaient aussi un foulard triangulaire qu'ils se serraient au cou, pour éviter le contact du blouson-guillotine.

Ils étaient tous là à regarder le nouveau qui éternuait, surpris par la fraîcheur du crâne nu. Ils l'appelaient « Atchie » en imitant vaguement l'éternuement.

— Il nous amène la pestouille !

— Dis, Deveau, y a encore du monde vivant, dehors ?

Ils disaient d'ailleurs « Devââme », allez savoir pourquoi ! Chacun avait ainsi son surnom, ou son nom transformé, qui changeait selon les humeurs et les saisons.

Au claquement de mains du pion ils se mettaient deux par deux, par ordre de taille. Pour le nouveau, il n'y avait pas de problème, il était tout dernier, tout seul, mené à sa place par ce bonhomme que les autres appelaient le père Poil-poil.

— Arrête d'éternuer, mon garçon !

— J'ai froid, M'sieur.

— Il faut savoir se dominer !

Concert d'éternuements en solidarité avec le petit nouveau.

— Assez !

— ... Froid à la tête, M'sieur !

Car le béret façon chasseur alpin était réservé pour la sortie. À l'intérieur de l'établissement les mômes n'avaient même pas droit à la calotte classique du bagnard. Ils étaient là, de huit à treize ans, avec ces yeux trop enfoncés de sous-alimentés permanents, hideux, oreilles décollées, avec la marque d'infamie du badigeon à la teinture d'iode.

— Silence !

Il n'y avait qu'à se taire. Ils n'étaient ni caractériels ni délinquants. Simplement, leur père avait été froidement assassiné, et ils étaient donc maudits jusqu'à la septième et même septante-septième génération, comme le disait si bien la conne Bible dont on les abreuvait à haute dose, à défaut de nourritures terrestres.

Le fond de la boustife c'était le rutabaga en sauce violette, les pâtes noyées dans des glaires filandreux, les potages si filtrés qu'ils devenaient pisse d'âne et enfin, luxe inouï, le hachis Parmentier du jour du Seigneur.

Ils mangeaient dans des gamelles rondes en ferraille... — Comme des vrais petits soldats ! leur avait dit une fois le maître d'école.

Lhozier était à la table des petits, et les questions fusaient comme pétards.

— Qu'est-ce qu'elle fait, ta mère ?... Où ça qu'ils l'ont fusillé, ton père ?

Mais le petit nouveau semblait ne rien entendre. Il s'était mis à chialer doucement, sans vouloir manger. Alors, les autres l'appelaient « La nouille », ou bien « Le môme ».

Et c'était même ce nom qui lui était resté dès le premier jour. Il était devenu le Môme. Comme il refusait l'infecte tambouille, les garçons de la table avaient raflé sa porcif en constatant, faussement sérieux… — N'a p't-être pas de trou du cul ?

Dans l'ensemble on l'avait tenu pour gentiment négligeable.

Les choses avaient changé, à l'entrée en classe.

M. Baron, le maître d'école, venait de l'extérieur. C'était un bonhomme d'une cinquantaine d'années, avec des moustaches à tremper dans la soupe, un vieux costard minable, un cabas à mangeaille, et l'œil bon sous des verres pince-nez.

Il avait la tâche écrasante de s'occuper d'une classe unique, avec quatre ou cinq divisions, suivant que les petits ânonnaient les premières lectures, tandis que les grands préparaient la classe de certif.

Il avait tenu à présenter le nouveau, selon les données qu'il tenait du dirlo. Il avait dit que le petit Lhozier avait malheureusement perdu son père, et que sa mère était malade en clinique.

— Il est tout jeune et il s'agit pour lui d'une cassure. Il faudra être gentil avec lui. Le Seigneur n'a-t-il pas dit : « Aimez-vous les uns les autres, comme je vous ai aimés ! »

Casse-patte, mais bon bonhomme. Il avait mis le petit en dernière division et lui avait demandé une rédaction de quelques lignes sur le thème « J'entre dans une nouvelle école ». Un bon moyen d'avoir la paix.

Il avait fait la classe aux autres, organisant chaque division de six ou huit élèves, avec parfois des grands qui faisaient réciter la table de multiplication aux plus mômes.

Au bout d'un moment il s'était penché sur l'épaule du gamin qui écrivait de la main gauche, trempant une plume dans un godet d'encre inséré dans le pupitre. Il avait paru surpris.

— Tu es gaucher ? Ce n'est pas une tare, mon petit. Aucune faute d'orthographe, mais les phrases sont peut-être incorrectes. Voyons ça... « Y a un type... » Le terme est trivial. On dit un monsieur, ou un homme... « Il y a un homme de dans le temps... ». Non, on dit : de l'antiquité, ou des Saintes Écritures... « Un type de dans le temps, que sa femme lui coupe les cheveux, et ça devient une nouille... »

Il s'était arrêté. Personne ne riait. On aurait entendu forer un termite dans les pupitres moisis.

Le maître était remonté à son bureau.

— Je suppose que notre jeune ami fait allusion à Samson. Il a d'excellentes lectures.

En contrebas il pouvait voir les quarante-sept crânes tondus ras et passés au badigeon jaunâtre. Il était à son poste depuis l'automne 1916, au moment des offensives et contre-offensives du secteur de Verdun, avec la flopée soudaine d'orphelins de guerre, petits emmerdeurs qui faisaient un peu trop honte aux embusqués pour être laissés en liberté.

Il était myope, et lorsqu'il enlevait son lorgnon, il lui semblait voir les galets mouvants d'une mer putride et confinée.

— Sors de ton banc et tiens-toi debout lorsqu'on te parle, mon garçon.

Le petit Lhozier s'était exécuté. D'être point de mire lui faisait rosir les oreilles. Nouveau venu, et pas encore habitué à la crève du rutabaga, il tranchait d'ailleurs sur le vert javel qui formait le fond de teint de tous les pensionnaires affamés.

— D'abord, tu sembles avoir de l'orthographe, bien que ton vocabulaire ne soit pas spécifiquement littéraire. Je vais peut-être te faire sauter une ou deux divisions si tu montres également quelques dispositions en arithmétique. Va au petit tableau noir et prends la craie. Sais-tu faire une multiplication ?

— Un peu, M'sieur.

— Pose en multiplicande le nombre 14, et en multiplicateur le nombre 18. Voilà ! Je te donne une minute.

Le petit avait à peine froncé les sourcils et directement, de la main gauche, il avait écrit le résultat sans entrer dans le détail.

— Ah ! avait fait le maître, plutôt interloqué. Bon calcul mental, mon garçon. Mais pour des nombres plus compliqués il nous faudrait revenir à la méthode classique.

Il était descendu de son estrade et lui-même avait écrit un nombre de quatre chiffres à multiplier par un nombre de trois. Il avait tiré un trait.

— Voilà ! Nous te regardons aligner tes colonnes. Prends ton temps.

Le petit avait paru contrarié.

— Comme ça, je sais pas bien, M'sieur.

— Fais un effort !

— Oui, M'sieur.

Et sur un coin du tableau le petit gaucher avait écrit un chiffre, puis lentement un autre. Il avait cherché, puis en avait inscrit encore un, puis trois autres pour finir. Il paraissait concentré, hors du réel. Le plus curieux était peut-être qu'il avait écrit en commençant par les centaines de mille, de gauche à droite.

— Je crois que c'est ça, M'sieur.

Cette fois le maître avait paru plus que surpris, nettement agacé.

— Il ne s'agit pas d'aligner des chiffres au hasard, mon petit ! Une opération est quelque chose de sérieux... Trois fois cinq quinze, je pose cinq et je retiens un...

Il avait posé tous ses alignements décalés, tirant un nouveau trait, faisant l'addition, pour obtenir enfin le même nombre que le petit gaucher avait inscrit une minute plus tôt.

Murmures dans toute la classe.

— J'avoue que..., avait fait le maître dépassé. C'est ahurissant ! Comment fais-tu cela ?

— Je sais pas, M'sieur. Ça tourne dans ma tête et je vois le résultat. Je n'ai plus qu'à écrire.

Le maître était remonté à son estrade d'autorité. Il avait tenté de plaisanter.

— Nous avons un petit phénomène du calcul mental parmi nous, garçons. Que disait-on de cela, à ton école laïque ?

— Je sais pas bien, M'sieur. Ils m'avaient fait monter deux classes, et puis ils m'ont fait redescendre, à la mort de papa. Maman disait qu'il leur faut surtout des abrutis !

Murmures et rires feutrés dans la classe.

— Silence !... Ta maman me paraît avoir un langage direct, mon garçon ! Mais il n'est pas dans mon intention de te rétrograder si tu as quelques dispositions. Voyons... Peux-tu me dire ce que c'est qu'un verbe ?

— C'est jamais pareil, et on croit d'abord qu'on peut faire ce qu'on veut, mais y a toujours quelqu'un pour dire que c'est pas ça.

— Je te laisse la responsabilité de cette définition. Peux-tu me citer un verbe de la première catégorie ?

— Manger, M'sieur. J'ai pas mangé, c'était pas bon.

Cette fois, long murmure approbateur des écoliers.

— Silence !... Tu peux t'asseoir, mon garçon.

Il fallait reprendre la haute main. Le maître avait laissé traîner ses reflets de lorgnon, des plus petits jusqu'aux plus grands, au fond de la classe.

— Je ne représente pas l'intendance, mais je suis chargé de votre instruction. Laissez-moi toutefois vous dire qu'on fait ici le maximum. Et pour ce qui est des cheveux, mon petit Lhozier, il ne faut pas considérer cela comme une brimade absurde… Quelqu'un peut-il dire ce qu'est une brimade ?

Plusieurs bras s'étaient dressés.

— Deveau, tu réponds. Lève-toi !

— Oui, M'sieur. C'est faire des vacheries parce qu'on est le plus fort.

— Bien ! Mais je ne vois pas ce que les vaches viennent faire là-dedans.

Petits rires serviles parmi les lèche-culs.

— Deveau, as-tu l'impression d'être brimé parce qu'on te passe les cheveux à la tondeuse ? Crois-tu que M. le directeur, ou moi-même, nous prenons plaisir à vous voir ainsi tondus et barbouillés ? Réponse : non ! Mais il court actuellement une terrible maladie épidémique qui fait des victimes par centaines de milliers. À croire que le Seigneur abat de nouveau sur nous les plaies qui ont fait le malheur de l'ancienne Égypte…

Des mots, des mots… Le petit Lhozier entendait ce ronron biblique. Il se passait la main sur le crâne et, en un sens, il était content parce que son don des chiffres n'était pas parti avec ses cheveux dorés.

Et voilà que le maître s'installait au petit harmonium poussif, et toute la classe se levait pour chanter en chœur une « poésie » de l'immonde vieux Totor.

« *C'est l'Ange de Dieu*
Dans le ciel bleu
Son aile immen-ense
Couvre avec fierté
L'Humanité

Son nom est Fran-ance
Ou Liberté »

Une façon comme une autre de faire passer la ragougnasse et la hideur quotidienne dévolue aux enfants des mutins fusillés sur ordre d'ignobles grosses vaches, ainsi que le criait Maman sous les œufs pourris et les coups de parapluie des commères du vingtième arrondissement.

Le maître l'avait muté d'autorité en seconde division, c'est-à-dire juste avant la classe de certif. Alors il était avec des garçons qui avaient une tête de plus que lui, et notamment avec Deveau.

Catégorique, le parrain !

— Celui qui touche au Môme, je lui rentre dans le lard !

Du lard il n'y en avait guère chez ces garçons élevés au pain de charité. Sauf peut-être un mec de douze ans, qu'on appelait justement Gros-pouf, qui arrivait à tout transformer en saindoux, aussi naturellement que le petit Lhozier baratait son calcul mental, sans savoir pourquoi ni comment.

Les gars se soudaient en petits groupes fermés, suivant l'âge ou bien la provenance. Ça pouvait d'ailleurs se faire et se défaire, un peu comme s'ils décidaient d'être des Peaux-Rouges, des Frères-de-la-Côte, ou des Covbois.

Il y avait aussi du plus sérieux. Et le petit Lhozier l'avait appris le soir même, de la bouche du parrain.

— Tu as l'air intelligent, le Môme. Ce serait plutôt un bon point. Mais est-ce que tu saurais fermer ton clapet si tu apprenais des choses qu'il vaut mieux pas savoir ? Crois-tu que tu vas te plaire, ici ?

— Non, j'aime pas. Je veux m'en aller !

— Réfléchis un peu. Où irais-tu ?

— Je sais pas.

— À mon avis, tu ferais mieux de rester parce que tu es trop jeunot. Mais si tu apprenais que des gars veulent se barrer, qu'est-ce que tu ferais ?

— Je voudrais me barrer avec eux !

Le soir, après le dîner pisse-d'âne et la lecture des évangiles par le dirlo, ils montaient se pagnoter dans le grand dortoir tout en longueur.

Ils avaient des lits métalliques, façon hôpital militaire, avec matelas épais comme cahier de classe, mais néanmoins grouillant de punaises.

Le petit gars s'était endormi d'un coup dans le drap rêche, rabattu en sac de couchage.

Au réveil il fallait passer aux lavabos. Il y avait une quinzaine de petits filets d'eau qui pissaient avec ensemble dans une espèce d'auge cimentée. Chaque garçon avait une serviette marquée à son numéro et une tranche de savon de Marseille.

Bien sûr, l'eau était froide, il n'y avait pas de gant et il fallait se frotter avec ses mains. Mme Panier, plus immense encore avec son chignon façon pâtisserie au sommet du crâne, surveillait l'opération. C'est-à-dire que les mômes venaient à elle, après s'être vaguement humectés. Elle leur regardait derrière les oreilles pour le satisfecit, veillant à ce qu'ils raccrochent convenablement la serviette.

Le petit Lhozier grelottait, éternuait encore.

— Ça va, mon petit ?

— Non, M'dame. Y a pas d'eau chaude, s'il vous plaît ?

— Samedi, à la douche. Frotte-toi la tête, jusqu'à ce qu'elle devienne rouge comme un petit homard !

Mais on avait beau frotter, le jaune d'iode restait comme incrusté.

Au réfectoire les mômes retrouvaient leur gamelle en ferraille. Ils attendaient tous debout derrière leur banc et, au claquement de mains du pion Poil-poil, ils priaient à l'unisson le Seigneur de bien vouloir bénir la nourriture qu'Il voulait bien leur accorder dans Sa grande bonté.

M. Lenglet, le cuistot, amenait les bouteillons sur un chariot et chaque chef de table servait à la louche un bouillon clair agrémenté de croûtons.

Le petit Lhozier avait cette fois dévoré gloutonnement, tandis que les mômes lui posaient des colles supérieurement intelligentes.

— Quelle était la couleur du cheval blanc d'Henri IV ?

— Comment écris-tu : mon père est maire de Mamers et mon frère est masseur ?

— Vincent mit l'âne dans un pré et s'en vint dans l'autre ; combien de pattes et d'oreilles ?

Autrement sérieux avait été le contact avec les deux copains du parrain Deveau. Il s'agissait de deux grands en classe de certif. L'un d'eux devait avoir un nom de famille qu'on entendait parfois lorsqu'il était interrogé par le maître, mais pour tout le monde c'était Aristide. Il était le premier en taille, long, maigre, champion du saute-mouton, costaud, mais plutôt coincé des méninges.

L'autre était plus futé, vachement vanneur et content de lui. Il prétendait que son père avait été « Gouverneur des îles », on ignorait lesquelles. On l'appelait Beurré parce que de son oreille gauche coulait parfois un liquide jaune. Malade sans doute de l'oreille moyenne avec aussi, disait-on, des crises épileptiques. L'enfance est cruelle et les mômes lui rythmaient :

« *Tout chaud, tout chaud, tout bouillant*
Sortant de l'oreille de marchand… »

C'est lui qui avait fait la gueule, en voyant le Môme.

— Je ne m'en ressens pas pour jouer les nounous ! Devâme, tu t'es démerdé comme un branque. Tu n'avais qu'à dire au dirlo que tu ne voulais pas être parrain. Moi, je lui aurais envoyé dans les gencives : « M'sieur, j'ai des choses plus sérieuses en vue ! »

— Gros malin ! Tu lui aurais peut-être annoncé que tu voulais te faire la paire ? Réfléchis, avant de causer ! Et puis moi, ce Môme il me botte. Il est autrement intelligent que toi. Les chiffres, t'as vu ça ! On pourrait le nommer trésorier, par exemple. On aurait toujours besoin d'un petit mec pour faire nos comptes !

— Quoi ? Lui, avec nous ?

— Je pose la question. Il ne se plaît pas ici. Il va crever dans ses galoches.

— On s'en fout !

— Pas moi !

Finalement, le petit Lhozier avait été admis à l'essai. On lui avait bien fait comprendre que cette filière d'orphelins de guerre assistés n'aboutissait qu'à un féroce esclavage. Dès le certif on les foutait en usine, ils avaient des tuteurs du genre braves citoyens, on les faisait bosser à en crever, avec un inspecteur qui passait de temps à autre, histoire de les engueuler, parce que c'était toujours cette crapulerie d'enfants de mutins qui avaient forcément tort, devant toutes ces faces de faux culs patriotards.

Deveau tenait tous les détails de son grand frère sorti depuis trois ans de cette sale boîte et qui se trouvait maintenant dans un hosto de Paris, déhanché, infirme pour la vie, de s'être défenestré pour échapper à cette saloperie d'avenir marron.

— Ils ont le droit de correction, tu comprends. Ici, c'est du tocard, mais c'est le genre bondieuserie pas trop vicelarde. Dehors, oui ! Ils attendent des esclaves. Ils disent qu'ils vont les traiter comme leurs propres moujingues. Paraît qu'il y en a des bons, mais c'est la loterie. Pas beaucoup de numéros gagnants. Et moi c'est décidé, je veux pas de ça !

Le fameux certif pour lequel ils se gonflaient la coloquinte, ça valait moins qu'une punaise privée de suçoirs. L'instruction primaire ne produisait que du petit mec embrigadé, catalogué, salopé comme sous-race, tout juste bon aux basses besognes, et mobilisable en première ligne dès que des fumiers hautement diplômés décrétaient la Patrie en danger.

Il fallait foutre le camp, tant qu'il en était temps. La table de multiplication, les dates de Bouvines et de Marignan, ça ne servirait jamais à rien dans une existence de petit gonze marqué définitif.

— T'es pas grand, mais t'es intelligent, le Môme. Alors il faut piger et rapido ! Est-ce que tu saurais taire ta petite gueule ?

— Oui.

— On dit : oui, Devâme ! avait aboyé le grand Aristide qui en pinçait pour la manière forte. Moi, si ce petit merdaillon s'en va déblatérer, j'en fais du hachis parmentier ! Et puis moi je ne renifle pas le coup comme ça. Ce Môme va nous embarrasser, c'est tout. À moins que…

Sûr qu'une lueur venait de jaillir dans sa cervelle de saute-mouton. Il avait pris Devâme et Beurré à l'écart. Ça discutait. Les autres ne semblaient pas d'accord et l'Aristide se démenait, minoritaire…

— Faudra bien qu'on bouffe, nom de Dieu !

Resté sur la touche, le petit Lhozier avait la vague impression que la possible bouftance des futurs évadés, c'était sa pomme. Mais il n'avait pas peur. Ça lui venait sans chercher, comme un truc de calcul mental qui se faisait tout seul dans sa tête. Il y avait du possible et du non-possible, comme sur un boulier. Et ces grands garçons-là, du seul fait même qu'ils discutaient dans le vide, qu'ils posaient des situations fumeuses, se perdant dans des détails filandreux à base de chansonnettes : « … pour savoir qui, qui serait mangé… », ces garçons-là n'étaient jamais que des rêvassons plus ou moins affamés.

Ils parlaient d'ailleurs maintenant d'embrigader Gros-pouf comme réserve de nourriture. Mais ils faisaient quand même la grimace.

— … Tout son lard doit être pourri. Tandis que le Môme, y en a pas beaucoup, mais c'est du frais !

— On ne touchera pas au Môme !

— Tu dis ça maintenant qu'on vient de zoffer nos croûtons. Mais suppose un peu, en pleine mer…

— Qu'est-ce qu'on irait foutre en pleine mer ?

— Eh bien, sur notre bateau.

— Quel bateau ?

— Comment ça, quel bateau… Si on va en Australie, on n'ira pas par le métro !

— L'Australie, y a rien de décidé. Y a peut-être des kangourous à bouffer, mais c'est plein de déserts. Et puis c'est en rose sur la carte, il faut causer l'anglais.

— Ça s'apprend !

— Eh bien, s'il faut attendre que tu causes l'english, on n'aura plus les tifs jaunes, mais blancs ! On est trop vieux pour apprendre une langue étrangère. Surtout qu'on n'arrive même pas à causer convenable en français. Tandis que le Môme, t'as vu ça ? Le calcul, l'orthographe… Il s'apprend l'english en trois semaines et c'est lui qui cause aux gens. Tu piges ?

— Yes… Tiperrary ! Mais je me demande… Le Far West, ça serait pas sale non plus. Qu'est-ce que vous en pensez, les gars ? On se taille des tranches de bisons. Même qu'on pourrait foutre le camp dans la cale d'un transat qui ramène les soldats ricains chez eux. C'est pas con, ça !

— C'est à étudier. Mais vous croyez que ça paraîtra normal aux gens que ce soit le mouflet qui cause pour nous ?

— On fait semblant d'être enrhumés, on tousse…

— Tiens donc ! Alors les mecs ils croient qu'on a la grippe espagnole, ils nous foutent dans un trou et ils arrosent à la chaux !

Car on en revenait forcément à ce « mal qui répandait la terreur ». Courageux, mais pas téméraires, les gars se demandaient si c'était vraiment le bon moment pour tenter la Belle.

Là, à l'orphelinat, c'était sûrement pas le Paradis, mais ç'avait bien l'air d'être un îlot salubre dans ce Courbevoie où les gens crevaient comme des mouches. Devâme rapportait les dernières nouvelles : l'école communale bouclée, la mémère aux zans rétamée, dans les rues les gens se croisaient de loin, mouchoir sur la bouche, qui puait le phénol ou autre cochonnerie…

— C'est ce que je disais au Môme. Est-ce que ce ne serait pas plus simple d'attendre qu'ils crèvent tous ?

L'Australie, le Far West ? Pourquoi faire, alors qu'ils allaient être bientôt partout chez eux : Courbevoie, Neuilly, La Garenne-Colombes... Les rois partout ! Un tramway pour eux tout seuls au pont Bineau. On tirerait les macabs par les pieds pour les descendre.

Et voilà que Beurré se souvenait que son paternel avait été conducteur de tram, on disait wattman, avant d'être gouverneur des îles.

— Il m'a montré ça, les gars. On traverse la France en tramway, à toute vibure. On se fait même du fric en prenant des rescapés à bord. C'est le Môme qui fait le receveur. Hein, Môme, qu'en dis-tu ? Avec casquette, sacoche, toi qui comptes bien, ils ne t'entuberont pas !

— Ils me balanceront, je suis trop petit.

— Pas du tout, parce que Devâme les tiendra en joue avec un flingue.

— Quel flingue ? se fâchait Devâme. Vous arrêtez de déconner, oui ?

Qu'est-ce que c'était, le don du calcul chez le petit ? Sans doute l'art de penser vite et dru ? Alors, ces grands il les trouvait tout petits, qui rêvassaient de trucs qu'ils ne feraient jamais, satisfaits de les avoir simplement évoqués.

Puisqu'on l'acceptait dans le groupe, il avait donné son avis.

— Y a des pavés, avait-il timidement avancé.

— Quoi, des pavés ?

— Bien, un coup de paveton sur la gueule, ça peut faire la loi.

— Et tu crois qu'on va embarquer des pavetons dans un tram ?

— Le tram, j'y crois pas. Vous faites comme si c'était déjà tout cuit, que tout le monde est crevé. À part la dame aux zans, moi je vois qu'il en reste quand même beaucoup.

— C'est qu'il est défaitiste, ce petit con ! avait aboyé Aristide.

— Laisse-le causer, il est moins con que toi ! Vas-y, le Môme. Dis ce que tu as sur le cœur. Tu n'y crois pas, à notre truc ?

— Je sais pas. Pas comme ça. À seulement voir des macabs dans un tram, ça mène pas loin. Et puis l'Australie, ou le Far West, moi je veux bien, mais faudrait d'abord sortir de Courbevoie.

— T'as une idée ?

— Zéro. À la porte de Bagnolet, Maman elle reçoit des tomates sur la figure, en plus que papa a été fusillé.

— Et alors ?

— C'est tout. Se balader en tram, c'est peut-être marrant, mais on doit trouver mieux. Comme dit Maman, on a des comptes à régler.

Rire supérieur du grand Aristide.

— Maman, maman… Tu la reverras, ta mère ! Moi je dis qu'on a rien à foutre avec ce môme-biberon !

— Laisse-le causer, avait coupé Devâme. Vas-y, le Môme, fais pas attention à c'te grande flûte. Où qu'elle est, ta mère ?

— Je sais pas. Les flics sont venus l'alpaguer chez nous, parce qu'ils disaient qu'elle troublait l'ordre public. Ils l'ont traînée dans l'escalier. Ils l'ont déboulée à coups de pied. Et les voisines dégueulasses criaient : salope ! et mort aux traîtres !

Le visage du petit se durcissait, il devenait blême.

— ... La mère Venin est venue chez nous. Elle disait : pauvre petit ! Moi je lui ai craché à la gueule. Alors ils m'ont empoigné tous les deux, ils me tenaient la tête contre l'édredon, ils m'étouffaient, ils disaient : salle graine, on va te mater ! Je peux pas laisser ça là ! Je sais pas comment vous êtes faits, vous autres...

Des larmes se formaient au coin de l'œil, en coulée de vitriol.

— ... Me suis retrouvé au poste, à passer la nuit. Et puis à la prison d'enfants derrière les barreaux. Et puis me voilà dans une autre prison, avec les barreaux du petit Jésus. Je me plais pas, je veux m'en aller. Mais si c'est seulement pour causer qu'on va faire le Far West en tramway, moi je dis non !

Silence. Et puis le grand Aristide s'était gratté la peau, à l'endroit du cou où le treillis faisait une marque rougeâtre.

— Ouais !... Y a p't-être du vrai, dans ce qu'il dit.

Ils avaient été interrompus par la rentrée en classe.

M. Baron était certainement le bon vieux, mais alors pour la question du petit Jésus et des foies tricolores, il mettait vraiment le paquet.

École libre. D'un rien, il se mettait à l'harmonium et vas-y pour un cantique aussi populaire que niquedouille. Il roulait des quinquets, il entraînait son monde.

« *Debout Sainte cohorte, soldats du Roi des rois,*
Tenons d'une main forte l'étendard de la Foi »

Mais, dès la récré, les mômes affamés et bedonnants de rutabaga trouvaient des paroles autrement adéquates.

« *Debout sainte carotte, soldats du chou-navet,*
Tenons d'une main forte la porte des cabinets »

Les chiottes, en fait, étaient simples tinettes particulièrement cocotantes à la belle saison. On y collait les punis en corvée de nettoyage, avec bâton dégorgeur et balai merdeux. Le maître, ou le pion, appelait ça les commodités. Et selon eux c'était déshonneur public que d'y être affecté.

Bien sûr, du côté des garçons c'était plutôt distinction honorifique dont ils tiraient vanité. Rousseau-Beurré, notamment, se flattait d'en être à sa septième semaine consécutive, record absolu dans les annales. Il vannait, devant le Môme, et dindonnait du thorax lorsqu'on l'appelait Gouverneur des commodités, en rappel de son fameux Gouverneur des îles et wattman paternel.

Il n'était pas sot, et même pas foncièrement pervers. Seulement il fallait qu'il en installe, vaniteux comme crapaud. Faute d'autre chose, il se voulait le plus mauvais pensionnaire, le plus puni, avec des heures de piquet face au mur. C'était un verbeux. Il ne volait pas les copains, il ne foutait pas le feu, il ne crachait pas dans la soupe, mais il était le mauvais exemple permanent, pas feignant de la réplique et complètement insensible aux punitions.

M. Baron, pas sadouze pour un liard mais d'esprit religieux, et donc demeuré, tentait de le prendre par les hauts sentiments.

— Voyons, Rousseau, te demandes-tu parfois ce que Notre Seigneur ferait à ta place ?

— Pas tellement, M'sieur. Peut-être qu'il marcherait sur la pisse ?

Et, allant aux tinettes avec son bâton merdeux, Rousseau-Beurré mimait le pas des patineurs, à l'esbaudissement des tondus.

En somme, c'était un peu la grande gueule de l'établissement, et comme tel, respecté.

Le grand Aristide aussi était respecté, mais pour des raisons encore plus directes. Il était franc balèze, capable d'avoir la loi contre trois gars pas manchots. Il avait du poil au pubis et il lui arrivait de bander, plutôt innocemment… « Regardez, les mecs ! Je me fais la mère Panier ! »… Certes il ne se faisait rien du tout, sauf des masturbes solos qui lui empesaient le drap rêche ou le calcif. Alors c'était ça, ou un fond de tempérament, mais il était un peu retardé de la comprenette. Pas anormal, non. Plutôt il se foutait bien de tout enseignement. Il était comme un dogue aux yeux rouges, obnubilé par la bouffe. Il rognait des crayons, il salivait sur des chaussettes. Régulier, pourtant, il ne tapait jamais dans la gamelle du voisin, mais il acceptait volontiers d'engloutir les déchets, vraie poubelle ambulante. Il faisait un peu peur, avec sa voix qui muait, ses colères subites. Et lorsqu'il parlait de bouffer la quadragénaire mère Panier, ce n'était peut-être pas fantasme amoureux, mais on sentait plutôt qu'il irait carrément avec fourchette, couteau, et serviette autour du cou, anthropophage révélé.

Devâme était réputé garçon sérieux. Il ne balançait pas la réplique, comme Beurré, il ne cassait pas les bancs du préau comme Aristide, mais il y allait de sa raison raisonnante. Et lorsqu'il émettait un avis, même pas plus gros qu'une lentille, on pouvait être certain que ça n'avait rien du caillou évangélique.

Lui seul savait vraiment parler de son paternel défunt, bien qu'il ne sache pas dire à quel endroit il avait été tué, ni si c'était comme chair à canon ou chair à peloton. Mais on lui sentait un reste d'adoration pour un grand mec triste, employé de bureau verdâtre et maigre, qui était parti à la mobilisation en promettant d'envoyer une carte postale de Berlin, d'ici trois semaines.

Pour Aristide le père était, selon la formule, porté disparu. Il était d'une famille de réfugiés du Nord avec deux grands frangins bons pour le service, qui avaient été tués dans l'offensive générale du printemps 18. La mère était morte peu après à Aubervilliers où ils étaient réfugiés. Alors il restait seul et neutre. Comme M. Baron larmoyait parfois sur son fils, mort au Champ d'Honneur, avec mention « soldat d'élite », Aristide appuyait la chanterelle en disant que son père à lui était « soldat des litres ». Il était seul à rire.

Pour Beurré, infatigable mytho, c'était autre chose. Son pater, wattman et gouverneur, était également membre du Grand État-Major et il avait été tué en mission, en arrière des lignes ennemies, alors qu'il se préparait à faire sauter la Grosse Bertha. Il donnait même tous les détails, malgré les : ta gueule ! écrase ! va te rhabiller ! Il trouvait, quasi sincère, qu'il n'y avait vraiment plus aucun respect pour les héros.

Dans l'ensemble, personne n'aurait eu idée de s'attaquer au clan des trois petits mecs qui, volontairement ou non, avaient su rassembler le chou, la gueule et le biscoto. Adopté par eux, le petit Lhozier avait vite compris qu'il devenait intouchable.

Ce qu'il ne savait pas encore, c'était que lui tout mignard, jaune de crâne et grumelé de chair de poule, il allait bientôt devenir chef de la bande, sans que le mot soit jamais prononcé.

Pour l'instant il éternuait, il mouchait, sous l'œil inquiet de toute la classe et du bon maître d'école. Ce nouveau venu amenait-il avec lui la redoutable peste ravageuse ?

On l'avait mis en quarantaine à l'infirmerie de la mère Panier, dans un autre corps de bâtiment. Elle lui disait « Pauvre petit coco ! » mais elle prenait soin de s'affubler de blouse blanche, protège-nez et gants à la javel pour lui passer le thermomètre et les inhalations dégueulasses à odeur de camphre. Il protestait.

— Je suis seulement enrhumé du cerveau, avec les tifs à zéro. Y a quelque chose qu'est pas au point, M'dame. Supposez qu'on vous tonde les cheveux, vous éternuerez comme moi, c'est scientifique !

Il n'avait pas de fièvre, ou à peine. Il ne s'inquiétait pas tellement pour sa santé, mais il profitait de son état pour réclamer de la bouffe et de l'eau chaude. Au fond, c'était la planque et il était devenu chouchou de la bonne mère Panier qui le trouvait petit phénomène.

On commençait à connaître partout les symptômes et profil de la maladie. Bien peu de mirontons savantasses se risquaient à en faire l'historique, mais il semblait qu'elle avait pris le mors aux dents, un peu avant l'Armistice. Jusque-là ç'avait été un virus comme un autre, qu'on soignait aux pastilles, aux tisanes et à la bonne suée sous trois édredons. Et puis voilà que, semaine après semaine, le pronostic s'aggravait. Il ne s'agissait plus maintenant de soigner le malade mais de le foutre au racoin pour qu'il y crève en évitant de contaminer les autres.

C'était plutôt foudroyant. En général on passait l'arme à gauche en trois ou cinq jours, avec le sang noir, les soufflets qui cherchaient péniblement l'air, peu à peu envahis par une espèce de gangrène interne. Fièvre à 41 °, délire, odeur atroce de la pourriture vivante ; ça n'avait rien de la douce ambiance de phtisie romantique comme dans les opéras.

Au quatrième jour dans la douillette chaleur de l'infirmerie, il avait bien fallu admettre que le petit Lhozier ne prenait pas son billet pour l'Au-delà. Il avait beau tremper le thermomètre dans le chaud café du matin, ça ne marchait plus. Le vieux bib appelé lui avait fait tirer la langue, tapé dans le dos, examiné la sclérotique, avant de décréter que le garçon était sain comme nouveau-né.

— Voyons, mon petit gars, as-tu souvenance que tes parents étaient faibles des bronches ?

— Mon père est mort assassiné, M'sieur !

— Assassiné ? Eh, diable !

Bref conciliabule entre le médecin au front ratatiné et la bonne Mme Panier. Le vieux hochait la tête.

— Je vois, je vois… Et la maman de ce garçon ?

— Ils l'ont emmenée. Ils nous ont chassé de chez nous à coups de pied. Ils ont mis les scellés. Moi, ils ont voulu m'étouffer sous un édredon. Elle, ils voulaient lui crever les yeux !

— Holà ! Allons, allons !

Bien ennuyé, le brave docteur ! Il regardait ailleurs. Il généralisait dans le vide, faux cul comme un pape.

— Que de cas douloureux !... Ah, la guerre, quelle misère !

— Je voudrais écrire à ma mère, M'sieur. Je ne sais même pas où elle est.

— Ça ne dépend pas de moi, mon garçon. Il faudra voir ça avec Monsieur le directeur de cet établissement. Mais tu pourras du moins dire à ta maman que son petit bonhomme est en parfaite santé.

Mme Panier avait dû faire son rapport. Dès sa sortie d'infirmerie le petit Lhozier avait été appelé au bureau directorial.

Le pasteur Martin avait la réputation d'être vache. En vrai il était plutôt pète-sec, prompt à la baffe, croyant-cucu, mais pas le genre bourreau d'enfants.

— Ah, voici donc notre petit malade avec de belles couleurs. C'est quasiment un miracle de Notre Seigneur Jésus, n'est-ce pas mon petit ?

— Je sais pas, M'sieur.

— Je te le dis. Tu peux le remercier bien humblement, ainsi que Mme Panier qui est, comme toujours, admirable de dévouement.

La bonne infirmière-lingère rosissait sous le compliment.

— C'est un petit gars bien affectueux, Monsieur. En sortant, il m'a fait deux gros poutous.

— Pardon ?

— Sur chaque joue, Monsieur le directeur. C'est vraiment le bon petit gars qui s'intéresse à tout. Et futé, avec ça ! Il trempait le thermomètre dans son café au lait pour rester plus longtemps à l'infirmerie.

Et, comme le long pasteur n'avait pas l'air d'apprécier, elle s'était lancée dans sa supplique.

— Il faut qu'on retrouve sa maman, Monsieur. Il n'est pas possible de laisser un jeune garçon aussi sensible dans l'ignorance de l'endroit où se trouve sa maman. Et inversement, il est inhumain de laisser une mère…

Le directeur paraissait ennuyé. Il expliquait à mots couverts qu'il ne savait pas grand-chose, que l'enfant était là sur action de justice.

Il avait assis sa longue carcasse et tenait le petit, des deux bras devant lui.

— Mon petit Lhozier Michel… Michou, n'est-ce pas ?… Eh bien, petit Michou, je crois savoir que ta maman est dans une maison de repos, pour sans doute quelques semaines, disons quelques mois… La mort de ton papa lui a causé un choc, c'est certain. Tout cela est bien pénible. Mais avec le temps, et le secours de Notre Seigneur…

Il n'était pas nécessairement hypocrite comme les scribes et pharisiens de l'évangile, mais il savait se lancer professionnellement dans un blabla aboutissant à la prière au Très-Haut, comme un oued se perdant dans les sables.

— Vois-tu, mon garçon, il est des mots qu'il faut éviter de prononcer. Je crois savoir que ton papa est mort en certaines circonstances douloureuses. Mais dis-toi bien qu'il te voit, de Là-Haut. Et il ne veut pas que son petit garçon subisse les conséquences d'un geste, sans doute irréfléchi…

— Mais on l'a assassiné, M'sieur !

— Ttt ! Ttt !… Allons, allons !… Je crois qu'il a été, comme on dit, passé par les armes. Et je n'en sais pas davantage, mais c'était sans doute sur un tirage au sort malheureux, n'est-ce pas ? Je ne fais pas de différence entre lui et n'importe lequel de nos dix-sept ou dix-huit cent mille héros, morts pour leur Patrie. J'en demande pardon à Mme Panier de remuer de bien tristes souvenirs, mais vois-tu, mon garçon, le soldat Panier a été tué d'une balle en plein cœur, alors qu'il montait bravement à l'assaut d'une position ennemie, baïonnette au canon avec ses camarades. Alors pourquoi lui, plutôt qu'un autre ? Ai-je jamais entendu dire à Mme Panier que son mari avait été assassiné ?

C'était écrasant ! Le petit gars commençait à trembler, mal à son aise. Il n'était pas de taille, il le savait. Au souvenir évoqué, la bonne Mme Panier prenait la larme à l'œil. Tout cela semblait donc être la logique des grandes personnes ; on pouvait le faire taire d'un mot.

D'autant que le dirlo se levait, solennel, et maintenant scandait du Hugo-ganache… « Gloire à notre France éternelle. Gloire à ceux qui sont morts pour elle… ! »

On pouvait tirer le trait !

Dans le couloir, le Môme avait questionné l'infirmière.

— C'est quel genre de maison de repos, où est ma mère ?

— J'ignore, mon petit.

— Une prison, s'pas ? Mais elle a dit la vérité. C'est vrai qu'on a assassiné mon père. Et les gros ploucs foireux qui lui ont tiré dessus, on ne les retrouvera pas. Mais le chef qui a commandé ça, on le connaît. Et moi j'attends d'être plus grand, mais je l'aurai !

— Veux-tu bien te taire, mon gamin !

— Je sais son nom. Et même qu'il habite à Neuilly, pas loin d'ici.

— Tais-toi !

— Maman voulait lui faire son affaire, mais...

— Ça suffit, mon petit bonhomme ! Tu ne rends vraiment pas service à ta maman, essaie de comprendre. Ne parle jamais de ça à personne !

Mais le petit gars continuait, crispé, concentré.

— Des fois, je fais des dessins avec un grand mec plein d'étoiles, et moi je le pointe avec un pétard...

— Veux-tu te taire !

— ... que c'est tellement lourd, que je le tiens à deux mains.

— Assez !

— Paraît que c'est une belle villa au fond d'un jardin. Avec une guérite à la porte, parce que ce sale Boucher, il a la trouille !

La bonne Mme Panier s'était penchée, avait embrassé la petite puce, en vraie maman.

— Tais-toi, mon gamin. Sais-tu où est tombé mon homme ? La balle en plein cœur et la baïonnette au canon, je ne sais pas. Mais il est tombé aux Hurlus. Tu vois ce que je veux dire ?

— Oui, M'dame.

— Au moins cent quarante mille hommes qui sont morts pour rien, dans la boue. Mais les généraux sont faits pour mourir dans leur lit. On est trop petits, on n'y peut rien. Alors, fais donc comme la maman Panier, mon gamin : le poing dans la poche !

Le Môme avait retrouvé ses copains, et notamment le parrain Devâme qui lui bourrait les côtes, en vrai petit pote.

— On te croyait crevé ! Même qu'on se lavait les pognes dix fois par jour pour chasser les microbes. Pas vrai, vous autres ?

Les autres étaient contents, pas mauvais chevaux, mais ils faisaient plutôt la pâle gueule devant le teint frais et rose du petit nouveau.

— Qu'est-ce que tu as bouffé, à l'infirme ?

Ces petits cafés au lait du matin, ces viandes saignantes, ces calendots du dîner les faisaient saliver.

— Bon dieu, on se fait porter défunt s'il faut être dans son cercueil pour pouvoir briffer !

Le grand Aristide suppliait qu'on lui balance des pêches dans la gueule, qu'on le défonce à terre à coups de galoches cloutées.

— Je veux bouffer ! Je veux aller à l'infirme, les gars ! Faites ça pour moi ! Je me fais la mère Panier, c'est décidé ! Regardez, les gars, regardez l'homme !

De fait, sa braguette gonflait glorieusement. Était-il en avance, pour ses bientôt quatorze ans ? Les autres ne se posaient pas la question de cette façon. Un jour ou l'autre, une année ou l'autre, eux aussi finiraient bien par bander. Même le petit Môme de huit ans et demi qui considérait maintenant l'éventualité avec un lointain détachement.

— Son cul ! Son cul ! s'extasiait mentalement l'Aristide.

Et le petit avait plutôt tendance à croire que cette grande brute voulait se tailler un rosbif dans le séant de l'infirmière. Il s'était insurgé.

— Je veux pas qu'on en parle cochon ! Mme Panier, c'est quelqu'un de bien !

— Ta gueule, mignard ! La mère Panier… Rien que son nom, c'est un programme ! Pas vrai, vous autres ?

Mais les autres étaient, de par l'âge, un peu moins forcenés de la braguette. Surtout que le grand Aristide avait toujours un pantalon jauni de pisse à odeur âcre, certainement pas fait pour plaire aux dames. De plus il était, semaine après semaine, rangé dans la catégorie des malpropres, ceux qui ne se torchaient pas les fesses, qui merdoyaient dans leur chemise numérotée, et désignés comme tels au dirlo qui punissait les coupables.

Beurré gouaillait.

— Je te vois bien, cherchant à emballer la mère Panier, et qu'elle te répond aussi sec que tu es la limace merdeuse numéro 25 !

— Mon poing dans la gueule, dis ?

Mais ça n'allait jamais plus loin qu'une bousculade. En rangs par deux ils rentraient en classe. Et M. Baron leur faisait chanter un cantique lénifiant.

« Frères, frères, Son nom est Amour... »

Pour ce qui était de la Belle, le petit Lhozier avait été informé des dernières dispositions, après la classe. Voilà ! On ne partait plus ni au Far West ni en Australie, mais au Sénégal !

— On se fait colons, mon vieux ! Y a tellement de forêts, que t'as qu'à étendre la main pour trouver à bouffer. Et puis un éléphant de temps en temps, on passe la barbaque à la fumée, comme les pirates.

C'était tout de même réconfortant que de ne plus être considéré comme bectance de secours. Tout était prévu, même les silex pour se faire du feu. Et l'Aristide se voyait même avec une mousmée à peau noire.

— Là-bas, c'est elles qui bossent ! Nous, on est les guerriers !

Suprême argument, Beurré avait pu dégotter un sifflet de scout à boussole. Il montrait au Môme l'aiguille qui marquait le nord.

— Impossible de se paumer, même en pleine brousse, même dans le Sahara !

— Le Sahara ?

— Obligé de se le farcir pour arriver chez les nègres. Mais on peut survivre avec la rosée du matin, c'est connu !

— Et la Méditerranée ?

— On chope un bateau. Réfléchis, Môme ! T'as tout de même pas entendu dire qu'il y avait la grippe espagnole dans le Sahara, non ? Le Sahara, c'est la santé !

Le petit Lhozier tournait la boussole. On l'appâtait pour avoir son avis de petit gars réputé pas con.

— Ce sera toi le navigateur, hein, les gars !

Et le petit trouvait que ces grands ne faisaient guère de progrès, braqués sur un vague après-demain qui leur permettait de bavasser, bavasser, comme sur un Au-delà de bigots confits.

— Tu sais t'en servir ? demandait le parrain Devâme. Dis voir dans quelle direction qu'on va mettre les bouts ?

— Par là ! avait dit le Môme en montrant le nord.

Les autres rigolaient.

— N'a rien pigé ! Par là, c'est le pôle Nord, petite engelure ! Remarque qu'on pourrait se faire Esquimaux et bouffer du phoque, mais on aime autant le soleil et les cocotiers.

Il n'avait aucune intention immédiate, mais puisqu'on demandait son avis au petit Lhozier, il le donnait.

— Avant le pôle Nord, y a les régions dévastées.

— Et alors ?

— Alors, c'est tout. Si vous voulez des flingues, faut les trouver sur les macabs, au Chemin des Dames, à Douaumont, ou ailleurs. C'est pas les endroits qui manquent.

Silence. Révélation subite chez les amateurs de Sahara... Nom de Dieu, ça prenait une autre dimension... Ils rêvaient.

— On pourrait peut-être se trouver un canon, les gars !

— Avec des bourrins, oui. Et peut-être même un tank, dis donc ! Y a qu'à mettre de l'essence, mon vieux !

— Et le mec qui veut pas nous faire le plein... Tac tac tac ! À la mitrailleuse !

— Non, non, on ne descend personne ! La politesse d'abord ! « Monsieur, auriez-vous l'obligeance de nous faire le plein, s'il vous plaît ! »

Le petit Lhozier était triste. Il écoutait les grands qui faisaient joujou avec un nouveau hochet imaginaire et qui épuisaient la donne, avant même d'avoir quoi que ce soit en main. On lui avait souvent dit qu'il était en avance pour son âge. Mais, à ce point, était-ce possible ? La tante Thérésa, ce vieux chameau, disait de lui que c'était un enfant trop sérieux qui ne savait pas jouer comme les autres, avec sabre de bois et cheval de carton. En quoi était-ce un malheur, d'être si différent ? « Ni dieu ni maître ! » disait Papa. Il en était mort avec ce qu'ils appelaient ignominie dans leur langage à l'envers.

Il regardait ses camarades bavassons. Il ne disait plus rien. Alors le parrain Devâme qui était peut-être un peu plus fin que les autres avait stoppé la débagoulade.

— On cause pour rien dire, les gars ! Hein, le Môme, c'est bien ce que tu penses ?

— Je sais pas, avait dit le petit. Vous avez peut-être raison. Tant qu'à se faire seulement des idées, autant mettre le paquet. Vous croyez vraiment qu'on va vous laisser balader un tank dans le Sahara ?

— Mais non, petit connard ! Le tank, on va à Marseille et on l'échange contre un bateau. En un sens, c'est mieux qu'un tramway, parce que si les types sont pas d'accord, on les braque au canon !

— Ouais ! On se tape comme ça mille bornes sur un tank, ni vu ni connu ?

— Justement, on n'est pas sur des rails. On va dans la cambrousse, on roule de nuit...

— Et où qu'il est, ton tank ?

— Mais c'est toi qui l'as dit, Môme. Dans les régions dévastées !

— J'ai pas dit ça. J'ai dit qu'on pourrait peut-être trouver des flingues sur des macabs. Pas des grandes pétoires de troufions, mais des petits pétards d'officiers, que ça peut se glisser sous la blouse, et bonsoir M'sieurs-dames !

Ça descendait d'un sacré cran dans l'imaginaire. Quoique à bien y regarder, ce n'était pas sale non plus. Beurré voyait la chose. Tous les quatre près d'une boutique à zans ou, mieux, dans une banque...

— On entre comme des petits péteux avec nos blouses du dimanche et nos bérets. Et toc, je fais un signe, on braque tout le monde : « Haut les mains ! Personne ne bouge ! » On rafle tout et on fout le camp dans une torpédo !

— Et la police ?

— Pas de problème... Pan ! Pan ! Ils auront bonne mine avec leur pèlerine et leur vélo !

— Qu'est-ce qu'on déconne ! avait constaté le parrain. Suppose un peu que tu as un revolver en pogne. Qu'est-ce que tu en ferais, toi, le Môme ?

Les autres regardaient le petit gars. Il se sentait sur le plateau, centre du groupe, sans avoir rien cherché. Il était un peu intimidé, bégayant...

— Moi... Moi c'est spécial. Je sais pas comment vous voyez les choses. Votre père a été bousillé et vous laissez filer. Moi pas !

— C'est-à-dire ?

— Le mec à étoiles qui a fait fusiller mon père, je connais son adresse...

Il s'était arrêté. Il ne pouvait rien dire de mieux. Les autres avaient attendu un instant, soudain sérieux, confrontés, loin de la traversée du Sahara en tramway ou en tank. Aucune question. Juste, Devâme avait levé doctement un doigt.

— Et moi je dis qu'il en est bien capable ! C'est mon petit filleul, les gars. Décision du dirlo. Faut le laisser causer, il est pas con.

Le mec Beurré ne pouvait pas laisser ça là.

— Moi, mon père, tous ses officiers il les a rétamés à la mitrailleuse. Vrrrt ! Pan !

— Tiens donc ! Avant qu'il saute la Grosse Bertha, sans doute ?

— Mais la Grosse Bertha, c'est plus tard ! Il faisait ça, mon vieux, c'était pour sauver la vie des Parisiens !

On retombait dans la mômerie, c'était triste. Mais enfin le Rousseau-Beurré avait certainement une profonde déférence posthume pour le pater qui avait été tué quelque part, il ne savait ni où, ni comment, ni pourquoi. Mieux valait fabuler que de se poser des questions, c'était un genre de sagesse.

— Moi, se souvenait Aristide, mes frangins étaient des marrants, surtout Grand-Jeannot que je crois qu'il est déserteur. P't-être qu'ils l'ont flingué. Mais p't-être aussi qu'il s'est débiné et qu'il est quelque part roi des nègres, à bien bouffer, mon vieux ! P't-être qu'il se tape des gigots de missionnaires et de bonnes sœurs. On a toujours dit qu'il bouffait du curé.

— Bueurk ! Du cuissot de jésuite ça doit être vachement filandreux !

— Sûr que ça vaut pas une gazelle. Dis, le Môme, tu crois qu'il y a des gazelles au Sénégal ?

C'est le surlendemain qu'on avait demandé le petit Lhozier au parloir.

En général c'était le dimanche qu'on recevait les rares visites de parents plus ou moins éloignés, ou d'organismes charitables. C'était la rase. Mais qu'on accepte une visite un vendredi, c'était nouveau et inquiétant.

— Qui est-ce ?

— Tu verras bien !

Il fallait s'habiller en dimanche, avec la blouse noire et la lavallière passée au col de la chemise blanche.

Le petit gars s'attendait au pire, mais c'était tout de même la taille en dessous : la tante Thérésa toute seule, figée dans un sourire.

Elle avait tiqué sur les cheveux tondus et le « jaune d'œuf », s'écartant un peu pour éviter le contact. Elle lui avait dit qu'il avait bonne mine, d'un ton sucré…

— Tu dois être bien, ici. Ce sont des gens convenables.

— Je veux m'en aller, ma tante !

— Allons, ne dis pas de bêtises. Un peu de religion, ça ne peut pas te faire de mal. Je n'ai pas à juger ton pauvre père, mais enfin…

C'était la sœur de la Maman. Elles ne se ressemblaient en rien, comme si elles étaient d'un lit différent. Celle-là était plutôt grande, autoritaire. Elle avait de la toilette, mais le petit trouvait qu'elle flairait le papier du même nom.

— Et Maman ?

— Justement, mon petit. Je viens te chercher et on va la voir.

— Elle est malade ?

— Elle est dans une maison de repos.

— En prison ?

— Mais non, bêta !

Ça devenait solennel. Le Directeur s'amenait, et Mme Panier aussi, qui lui passait son béret de sortie. Il était devenu tout pâle.

— Elle est morte ?

— Mais non ! Ne sois pas sot ! Elle te demande.

Mme Panier lui arrangeait le grand béret sur la tête, pour cacher le badigeon. Le dirlo toussotait, répétait que c'était une permission exceptionnelle...

— ... Étant donné les circonstances. Mais notre petit garçon doit rentrer ce soir, c'est entendu ? Espérons que Notre Seigneur voudra bien accorder sa Grâce, en ces circonstances douloureuses...

Merde, qu'est-ce qu'ils avaient donc tous, à se comporter comme des tringles à rideau !

Il l'avait appris, au long de la traversée de Paris en métro, puis dans le bus qui filochait en direction de l'hospice de la Croix-Blanche.

— Ta pauvre maman est très marquée par tous ces événements... La tête, tu comprends ? Sa pauvre tête qui, déjà, n'allait pas très fort.

— Elle est chez les folles ?

— Mais non, voyons ! Ne prononce jamais ce mot-là ! Elle est fatiguée, tout simplement. Il faut qu'elle se repose... Ah ! je n'ai pas à juger ton père, mais enfin, à faire le fier-à-bras devant les copains, tu vois où ça mène ! Il s'est bien fichu de savoir ce que vous alliez devenir, toi et ta mère.

— Ma tante, ils ont cogné sur Maman ! J'ai vu la lampe cassée, la table renversée...

— Je sais, mon petit. On m'a dit qu'elle s'était conduite en forcenée, c'est bien pénible.

— Forcenée ?

Il ne connaissait pas le mot, mais c'était certainement de la même mouture imbécile que défaitiste, bolchevik, sale boche, et autres glaviots des commères patriotes de la rue de Bagnolet.

— Ma tante, la Venin voulait lui crever les yeux ! Et moi ils m'ont étouffé sous un édredon ! C'est nous qu'on doit porter plainte !

— Veux-tu bien te taire !

— Non ! J'ai lu dans un livre que dans le temps ils étouffaient comme ça les gens qu'on disait qu'ils avaient la rage. On ne peut pas laisser ça là ! Si je veux porter plainte, on rigole. Mais toi, ma tante, tu peux !

La tante Thérésa était outrée.

— Écoute, toi ! Si tu veux voir ta mère, tu fermes ta petite gueule ! Parce que moi je laisse tomber, tu m'entends ? Je suis vraiment trop poire. Je n'ai rien à foutre de vos histoires ! Bon dieu de merde, si ton père avait eu seulement un peu de religion, on n'en serait pas là ! C'est ça que tu veux, petit morpion ? Que ta mère crève toute seule chez les folles ?

Elle n'était quand même pas si mauvaise guigne, elle se reprenait.

— Non, qu'est-ce que tu me fais dire... Georgette n'est pas folle, elle est fatiguée, voilà ! Si je te préviens à l'avance, c'est pour que ça ne te fasse pas le même choc qu'à moi ! Ah, je te jure... La voir comme ça, qui tourne l'ourlet de son tablier rose dans ses mains, qui n'a rien à dire... Je ne sais même pas si elle m'a reconnue. Pas un mot, pas un signe. Tu comprends bien, mon petit. Il ne faut pas avoir peur. Elle n'est pas la folle à crier, à faire des grimaces. D'ailleurs, Georgette a toujours eu de la tenue. Et même maintenant que ça ne va pas très fort... Tu verras, il faudra être très gentil petit garçon, mine de rien... J'espère qu'elle te reconnaîtra malgré ton déguisement et tes cheveux tondus... Et ce caca d'oie sur la tête, c'est affreux ! Il ne faudra pas retirer ton béret, c'est trop moche. Et puis surtout ne pas pleurer. Tu promets ?

— Oui, ma tante.

En terminus d'autobus il fallait encore prendre un taxi. Le chauffeur connaissait parfaitement l'hôpital psychiatrique et son genre de clientèle. Il regardait le môme et son béret vissé sur le crâne. On devinait malgré tout un coin de cheveux ras et de badigeon.

— Pauvre coco... Une opération ? Moi, Madame, j'ai un parent qui est trépané de guerre. Je connais la musique, c'est pas tous les jours marrant pour les proches !

À l'hôpital on voyait des échafaudages et des gravats, comme si des corps de bâtiment étaient en réfection. Des femmes étaient dans la cour, en tabliers à longues manches qui avaient dû être d'un rose bonbon.

Rien d'extraordinaire, à l'abord. On ne voyait ni chaînes, ni boulets aux pieds et les dames dingues paraissaient bien tranquilles, à peine intéressées par le passage du garçonnet et de sa tante.

Dans la salle d'attente qui sentait la vieille urine se dressait un buste, ou plutôt la tête en plâtre patiné d'un certain Pinel. En dehors de ça, il n'y avait que des bancs de bois sans dossier. On se serait cru dans une station de chef-lieu de canton. On attendait le chef de gare et sa gâpette blanche. On semblait les avoir oubliés, le train ne passait plus... Juste, une naine au faciès exorbité de mongolienne était venue examiner le petit en faisant « Akou akou... », ou autre bizarre borborygme. Alors une infirmière balèze s'était déplacée pour doucement la cueillir... « Marinette, je vais me fâcher... »

Le môme en était tout retourné. Est-ce que sa Maman... ?

La tante Thérésa était à cran.

— Ils nous font poireauter exprès, ces vaches-là ! Et on ne peut rien dire, on est chez eux. D'un rien, ils nous passent la camisole ! Sois bien calme, mon petit Michou ! Et surtout ne crie plus comme tout à l'heure, qu'on voulait lui crever les yeux, qu'on t'étouffait sous un édredon. Te rends-tu compte de l'effet que ça produirait ici ?

— Mais c'est la vérité, ma tante !

— Non ! Tu m'entends bien ! Ou alors je te laisse, j'en ai ma claque. J'ai bien assez de tintouin avec ton oncle Charles qui ne se sent plus pisser parce qu'on l'avait nommé juteux. La guerre lui a monté à la tête, lui aussi, mais dans un autre genre. Il devient grossier personnage. Aux yeux de tout le monde il me cocufie avec une salope qui touche une pension de veuve de guerre ! Il aurait mieux fait d'y rester, oui je le dis ! Il aurait mieux fait d'être mutin, ou réfractaire. Oui, j'aurais préféré ! Vois-tu, ton père est ce qu'il est, mais nom de dieu il a prouvé qu'il avait des… oui, des machines au chose !

Sautes d'humeur et contradictions, le petit Michou pouvait du moins avoir un avant-goût du fameux « éternel féminin ».

Enfin on les avait fait entrer dans le bureau d'un vieux mec en blanc, d'aspect bossu, tête à hauteur de poitrine. Il avait tout de suite pointé le « jaune d'œuf » avec une mine écœurée.

— Qu'est-ce que c'est que ça ? Il est malade ?

Le petit avait expliqué que c'était un truc de Mme Panier contre la grippe espagnole.

— Tiens, donc ! Et ça marche ?

— Très bien, M'sieur. Dans les écoles de Courbevoie ils ferment partout, tandis que chez nous ça reste ouvert.

Mais on le regardait déjà soupçonneusement, comme un môme affectable aux soins de la maison. Il avait vite compris que moins il en dirait, mieux ça vaudrait. Il était là comme dans une tenaille prête à se refermer pour le sectionner vif.

— Voyons, mon garçon… Tu habites avec ta maman, je crois ? Te souviens-tu si elle avait déjà eu des manifestations violentes de ce genre ?

— M'sieur, les voisines lui balançaient des œufs pourris, elles lui disaient : sale boche, fous ton camp à Berlin !...

Agacement du bossu en blanc.

— Je ne te parle pas des voisines. Réponds à ma question, je te prie ! Ta maman troublait-elle fréquemment l'ordre public ?

Et le petit gars pensait « Quel con ! », mais il ne pouvait pas le dire. Alors les questions tombaient à plat, il se bloquait. Et l'autre abruti se scandalisait, comme dans un autre langage, une autre société dont le petit Michou n'avait rien à foutre.

— Tu ne nous aides pas beaucoup, mon garçon. Tu n'aimes donc pas ta maman ?

— Est-ce que je peux la voir, M'sieur ?

— Tu vas la voir. Mais veux-tu bien comprendre, petite tête de mule, que nous agissons ici pour son bien. Allons, tu es un grand garçon, n'est-ce pas ? Comprends bien que nous sommes tous du même côté, pour tenter de la sortir de ce complexe de persécution. Rassure-toi, elle n'est plus du tout violente. Tu vas la trouver calme, très calme...

Et le petit avait pu voir sa mère, un instant plus tard. Pas du tout dans un cabanon capitonné, mais sur un banc dans une allée de jardinet.

Elle avait bien ce grand tablier-blouse d'un rose fané dont avait parlé la tante. Et sur ses cheveux, un foulard de la même étoffe était noué en arrière et retombait dans le dos. C'était elle, bien sûr, mais tout autre, rien que dans la façon de se tenir, comme somnolente, indifférente à tout.

Le vieux mec bossu lui avait touché l'épaule, jovialement fausse tranche comme s'il parlait à une mignarde d'école maternelle.

— Ah ! ah ! Madame Lhozier, nous avons une bonne grande surprise ! Regardez donc qui vient !

Mais la Maman restait prostrée. On avait poussé le môme tout contre elle. Il avait dit bonjour maman, il l'avait embrassée.

Elle s'était essuyé la joue, d'un geste machinal. D'un lent mouvement du regard elle était remontée des galoches au pantalon, puis à la blouse noire, la lavallière, le visage... Elle avait étendu la main, avait retiré le béret. Le crâne ras et jaune du gamin était à vingt centimètres de ses yeux. Elle ne manifestait rien.

— Maman, c'est moi. Tu me reconnais ?

Non, elle restait sans réaction, comme hypnotisée par ce manque, couleur caca d'oie. Pas même stupéfaite, simplement morne. Le petit gars tentait d'être réconfortant et revigorant pour cette chose trois quarts morte qui avait le visage de sa mère.

— Tu sais, M'man, on a l'air comme ça, mais on est drôlement bien dans la pension où que je suis ! Et les cheveux, c'est à cause de la grippe espagnole qui traîne partout. Même que les gens crèvent dans les tramways, qu'on est obligés de les retirer par les pieds. Nous, pas du tout ! Et moi je suis vachement content de voir que toi non plus tu n'as pas la peste. Faut attendre un peu que ça se passe, M'man, et tu vas voir qu'est-ce qu'on va être heureux ! On foutra le camp. Qu'est-ce que tu préfères ? Le Sénégal, ou le Far West ?

Un long moment encore. La Maman ne paraissait pas spécialement intéressée, plutôt enfermée dans une douce résignation. Elle avait soufflé, en articulant bien ses mots, mais d'une voix rauque et sourde parce qu'elle ne servait plus depuis des semaines...

— Vous n'avez pas honte de faire un pareil métier ?

Cela s'adressait à qui, on ne pouvait savoir. Mais il était certain qu'elle ne reconnaissait pas ce gamin sans cheveux, badigeonné comme greffe et fagoté comme forçat.

On avait pris le petit par le bras pour signifier la fin de l'entretien. D'ailleurs, de nouveau, la Maman regardait à terre, calme et indifférente à tout.

Le gosse aurait voulu pleurer, crier, mais il savait que c'était impossible. Du moins pas ici, pas dans la maison des fous. Et surtout pas devant la Maman !

On ne lui demandait pas son avis, ni ses états d'âme. Le vieux médecin bossu parlait à la tante... Il avait pensé que ce genre de choc pourrait être bénéfique...

— ... Mais il ne faut pas désespérer. Certaines rémissions se produisent aux moments les plus inattendus...

C'était façon de parler, bien sûr, mais ça voulait bien dire que le petit gars ne retrouverait jamais sa maman telle qu'il avait pu la connaître, faisant bravement face à toutes les dégueulasseries, toute tac au tac durant des mois, depuis l'assassinat du Papa, acculée à répondre, à se battre au corps à corps, avant de craquer ainsi sous l'énorme poids de la noire bêtise d'un monde enlarbiné au service de la Mort.

Il se sentait le cœur partout, et battant notamment aux tempes tondues. Il s'était retrouvé, béret au crâne, hors l'hôpital psychiatrique de la Croix-Blanche. La tante avait dit qu'on allait marcher un peu, parce qu'il n'y avait pas de taxi. C'était elle qui chialait… « Ma pauvre Georgette ! »… On se serait cru au sortir d'un cimetière.

Au fond elle n'était pas mauvaise la grande tante qui sentait le papier toilette. Elle avait même des bouffées affectueuses, elle l'appelait « Mon pauvre gosse… »

— C'est eux qui m'avaient demandé de te faire venir. Moi, je n'étais pas d'accord. Mais enfin, pourquoi pas un miracle, hein ?… Peut-être que la prochaine fois, on ne sait jamais… !

Y aurait-il une prochaine fois ?

Le petit gars était rentré à l'orphelinat juste avant la prière du soir.

Il avait d'abord dîné au restau avec la tante Thérésa qui avait cessé de parler de Maman pour embrayer sur son Charles abhorré. Sûr, elle allait demander le divorce pour ce qu'elle appelait la « comptabilité d'humeurs ». Elle crachait sur son époux adjudant, lui souhaitant mille morts. Bien sûr, ça barbait le môme qui s'en foutait mais qui n'osait rien dire.

Il avait vu repartir la tante bavasse avec soulagement, rendu au pasteur dirlo qui hochait onctueusement du crâne…

— Les voies de Dieu sont impénétrables, vois-tu… Il faut prier, encore prier, toujours prier !

Et à l'heure de la lecture des évangiles, devant la classe réunie à la lueur des becs de gaz, il avait évoqué le jardin de Gétsémané, ou autre blase, avec son malheureux corniaud qui se croyait fils de Dieu et en pissait des larmes de sang… « Seigneur, que cette coupe passe loin de moi, s'il te plaît… » Et le Dieu vachard qui s'en cognait, surtout soucieux de son image de marque, exigeant des martyrs, tout comme le général Des Gringues, Boucher des Hurlus qui avait gagné ses étoiles en faisant fusiller ou massacrer des dizaines de milliers de malheureux pauvres cons. Bon dieu de mille merdes, pourquoi s'en aller chercher un exemple si lointain, alors qu'on avait sous le nez la puanteur de millions de martyrs écartelés, laminés en bouillie d'os et de chairs, et proprement inaptes à toute résurrection-bidon ?

Les mômes, sauf quelques caractères faiblards, subissaient les envolées religieuses avec la résignation de petits bagnards tondus. Ça ne les concernait nullement, mais ils demeuraient sensibles aux images.

Ainsi, le lendemain matin, le Môme avait transposé, aux yeux de ses copains. Oui, il avait revu sa mère, dans une maison mystérieuse et pas marquée sur les cartes.

— Ils veulent qu'elle dise que Papa avait tort. Elle crie non ! Elle leur dit : « Vous n'avez pas honte de faire un pareil métier ! »... Là, devant moi ! Que je meure tout de suite si c'est pas vrai ! ils l'attachent à une croix. Ils lui mettent un foulard rose sur la tête, pour qu'on ne voie pas qu'il y a des épines !

— Oh, dis...

— Sûr ! Et même des coups de lance dans le corps... Je l'ai pas vu parce qu'elle a une blouse rose et qu'il faut pas que je la voie toute nue parce qu'elle est Maman. Et les yeux aussi. Elle a l'air de me regarder et elle ne voit rien. Elle n'entend pas non plus quand je lui cause. Ils lui ont crevé les oreilles !

Il extrapolait à peine volontairement, il y croyait, avec une quinzaine d'heures de retard. Il tremblait sur place avec la force d'un visionnaire. Il ne disait plus que : « Oh la... Oh, la la ! » Il souffrait, avec une sueur épaisse qui lui coulait dans les yeux.

Les autres le regardaient, impressionnés. Devâme avait tiré la conclusion.

— Oh, les gars, on est vraiment de la petite bibine pour ces mecs-là !

Heureusement qu'en classe, pour remonter le moral, l'honnête M. Baron faisait chanter un cantique débile.

« *Matelots en voyage vers le bord éternel*
S'il survient un orage

Pensons au doux rivage
Notre port est au Ciel (bis) »

C'était ainsi comme chaque jour. École libre. Donc les droit et devoir de bourrer le mou des mômes avec d'augustes conneries, parfois plus nettement laïques et patriotardes.

Ainsi, le maître leur apprenait à chanter la « Madelon ». Pas celle des tonnelles et des jupons qui avait fait le tour du globe, autrement populaire que la sinistre « Marseillaise ». Non, mais celle qu'on appelait alors la « Madelon de la Victoire », concoctée sans doute par une dame patronnesse.

« *Après quatre ans d'espérance*
Tous les peuples alliés
Avec les Poilus de France
Font des moissons de lauriers… »

Il n'était déjà plus question de boue, de merde, de millions de macabs et d'infirmes. Ça devenait tout gentillet, tout printanier, un rien populacier, ma chère !

« *Nous avons gagné la guerre*
Hein, crois-tu qu'on les a eus !… »

Le contraste était frappant entre le bon instite qui se démenait à l'estrade, vraie bille de vainqueur, tripes en drapeau, et la classe des orphelins qui chantouillaient à la suite, mornes et distraits en attendant que ça cesse, emmerdant passivement les gendarmes et la maréchaussée qui avaient flingué leur paternel.

« *Madelon nous verse à boire*
Et surtout n'y mets pas d'eau
C'est pour fêter la Victoire
Joffre, Foch et Clemenceau ! »

Tout était dit. Il n'y avait plus de morts, il n'y avait que des lauriers et des chefs désignés qui allaient pouvoir trépasser glorieusement dans leur padoque, avec prochaines funérailles nationales, puisqu'ils étaient les héros, sauveurs de la Patrie !

Mais on ne bêtifie pas impunément, surtout devant des mômes. Et c'est peut-être là toute l'histoire. Enseignants s'abstenir !

On était samedi. M. Baron avait fait part des décisions prises au niveau communal ou départemental. Après délibérations, on avait proprement interdit à l'instite de traverser Paris chaque matin dans le métro, où les microbes se régalaient férocement de nouvelles victimes. On n'osait plus compter, on mettait le paravent, mais il était notoire qu'on avait là un nouveau sacré fléau du sénile Bon Dieu, qui n'avait pas encore son compte de petites âmes à coller à sa gauche ou à sa droite. Il devenait maintenant certain que cette Grippe prenait la relève des opérations militaires.

Pas question de contaminer les moujingues du sexe masculin, dont la Patrie aurait besoin plus tard, pour reformer ses bataillons.

— Ce n'est qu'un dur moment à passer, disait le bonhomme. Dieu nous voit, et il pèse nos cœurs.

Il avait lu un passage des évangiles, avec une histoire de tonnerre de dieu, et voile du temple qui se déchirait de haut en bas. Qui savait donc, en somme, si un nouveau petit Corniaud sans auréole n'était pas en train de prononcer les paroles de l'agonie, tourné vers les galonnés hypocrites, tricolores au-dehors, et au-dedans pleins de vers et de pourriture ?... « Vous n'avez pas honte de faire un pareil métier ? »

Oui, pourquoi pas en effet la Maman corniaude et bouclée chez les folles ? Pourquoi pas le Papa, qui avait sans doute été aligné contre un mur de Perthes-les-Hurlus, avec d'autres messies, les yeux bandés, chantant *L'Internationale*, ou *Le Temps des cerises*, avant d'être abattus sur ordre d'un fringant général surnommé le Boucher ?

Il fallait le descendre, celui-là ! Maman l'avait dit... « Quand tu seras plus grand ! » Mais à quel âge était-on grand ? Et combien donc, citoyens et paroissiens, ne l'étaient jamais ?

Pour l'instant, le maître donnait des tonnes de devoirs à faire et nommait des responsables parmi les aînés. Il y avait aussi la passation de pouvoirs avec le pion Halim, appelé Poil-poil, sans qu'on sache. Certains anciens prétendaient que c'était le surnom du surveillant précédent, qui était parti fêter l'Armistice et n'était jamais revenu.

Celui-là était un Égyptien chrétien, nettement plus jeunot que le maître et le dirlo. Il n'avait sûrement pas plus de vingt-deux ans et, en temps normal, il suivait des cours dans la journée, quelque part dans une Faculté de théologie. Il se donnait des allures, avec des houseaux et une vareuse kaki sans doute en récupération, mais il ne jouait pas tellement le pète-sec, ni non plus le grand copain. Il s'en foutait, couché au fond du grand dortoir derrière un rideau où il avait son pageot et sa table de toilette, avec broc et cuvette en faïence.

On pouvait l'entendre le soir, dernier couché, qui arpentait le long des lits avec ses bruits de bottes, avant d'éteindre les becs de gaz. Premier levé, au matin, il tapait dans ses mains… « Debout ! Debout ! » Il secouait les faux pionçards et menaçait de les signaler.

Lui, il ne touchait personne. Il se contentait de faire son rapport au dirlo. Et celui-là se réservait d'écraser le coup, ou bien de faire appeler les délinquants à son bureau. Là, ça dépendait de l'humeur. Au mieux, c'était le pif-paf, la paire de mornifles. Ou bien alors, lorsqu'il se sentait l'esprit chrétien et le pardon des offenses, c'était le sermon écœurant avec référence douloureuse à Notre Seigneur qui aurait donc été crucifié en vain. C'était déprimant et en général les mômes préféraient le pif-paf un peu moins sadouze.

— Qu'est-ce qu'on fout ?

Les journées menaçaient d'être longues, sans les délices de l'enseignement primaire. Évidemment, lorsque le temps permettait la cour, il y avait les longues parties de barres, ou les interminables fiauts saute-mouton. Le grand Aristide organisait même des concours de lansquine qui consistaient à pisser dru et ferme, le plus loin possible. Il était d'ailleurs incontestable champion et il fallait le voir en posture de compétition, la queue hors la braguette, pieds joints, jambes demi pliées pour mieux élever la trajectoire. Il poussait, violaçait, pétait de concentration, mais son jet décrivait une magnifique parabole qui ne devait rien aux saintes écritures.

Il y avait un certain relâchement dans l'établissement.

Le surveillant Halim restait parfois absent durant des matinées, ou des après-midi. Certains disaient qu'il allait voir sa nana, près de Bezons. D'autres disaient : sa moukère et qu'elle s'appelait Irma. Alors les mômes chantaient, vachards :

« *A dada sur Irma*
On fait bien joujoute… »

Le pion à houseaux avait l'air de ne rien entendre. Et peut-être, après tout, n'y avait-il ni Irma ni moukère, mais rien n'est plus proche des commères de quartier que mômes encasernés.

— Qu'est-ce qu'on fout ? Eh bien le petit Lhozier avait sa réponse toute prête : on foutait le camp !

Les amateurs de déserts australiens ou de brousse sénégalaise n'aimaient pas être mis au pied du mur. Ils disaient que ça demandait réflexion. La

Californie, par exemple, avec un Frisco attendant son prochain tremblement de terre, c'était vachement excitant ! Ou encore l'Argentine, le tango, les gauchos… Mais le petit mec se butait.

— On a causé des régions dévastées.

— Pardon, Môme, mais c'est toi qui en as causé !

— Eh bien, j'irai tout seul !

Oui, il voulait voir cette plaine des Hurlus où son père était mort, mais il ne pouvait pas leur faire ça au trémolo.

— J'irai tout seul ! Et vous serez tout cons quand j'aurai un pétard dans les pognes !

Aristide s'informait.

— D'abord, qu'est-ce qu'on aurait à briffer, dans tes régions dévastées ? Ça doit puer le macab partout. On n'est pas des vautours !

— Paraît qu'il y a encore des soldats, c'est ma tante qui l'a dit.

— Oui, appuyait Devâme. On les a pas tous démobilisés pour qu'ils foutent pas trop le bordel.

— Ça ressemble à rien !

Mais qu'est-ce qui pouvait donc ressembler à quelque chose, en ces temps difficiles ? Les copains avaient commencé à faire « comme si ». Beurré savait que du côté de la porte de Pantin il y avait un tramway qui filait vers le nord.

— Peuh ! La banlieue ! Mais y a des trains à la gare de l'Est.

— On sait pas conduire un train.

— Qu'est-ce que ça peut foutre ! Y a bien quelqu'un sur la loco, oui ? On grimpe en douce avec une matraque… « Eh, toi ! Direction les régions dévastées ! » Le mec il fait la gueule, mais il est bien obligé de mettre la vapeur !

— Et quelle matraque ?

— Je sais pas, moi… Tiens, le bâton merdeux bien nettoyé, ça peut déjà faire des dégâts !

— Et tu nous vois dans le métro avec un bâton merdeux ?

— J'ai dit bien nettoyé, face de lune !

C'était comme ça, parler pour ne rien dire. C'était à peine supérieur à l'infantilisme de ces réunions où l'on empaumait l'électeur.

Le petit Lhozier ne disait rien, et comme tel il prenait du poids.

— Qu'est-ce que tu en penses, le Môme ? Tu as une idée ?

— Oui. On se met en dimanche et on s'en va !

C'était vraiment trop simple pour ces amateurs de grands espaces imaginaires. Et cependant, oui, pour partir ailleurs il fallait commencer par s'en aller.

— Faudrait d'abord faire des provisions de bouffe, s'inquiétait le grand.

— C'est pas ici qu'on fera des provisions !

— Et puis enfin, dehors les gens nous voient, même en blouse noire. Ils alertent les gendarmes !

— Vendredi, j'ai traversé Paris et la banlieue. On a pris un métro, un bus, un taxi. Personne n'a rien dit.

— C'est parce que tu étais avec une grande personne.

— Attendez ! était intervenu le parrain Devâme. On a déjà été au temple de Courbevoie, sans personne avec nous.

— Oui, mais on était cinquante paires de galoches en rangs par deux !

— Et quand j'ai été au coiffeur avec le Môme. On était bien que nous deux ! Moi, je vois le truc comme ça. Tous les quatre en rangs par deux, on marche au pas, une ! deux ! Et les gens sont tellement cons, mon vieux ! Des orphelins qui marchent au pas, c'est forcément pas des voyous qui se font la paire !

Mais les deux grands de première faisaient la grimace, pas très décidés.

— D'abord, on n'a pas un rond !

— Qu'est-ce que ça fout ? On verra bien ! Moi, je vois surtout que vous jouez la dégonfle !

Dégonfle ? C'était le mot clé. Comment ça, des dégonflés, eux ?

— Dis, petit mec, fais attention de ce que tu causes !

S'habiller en dimanche, et s'en aller. On en revenait là. Ça paraissait tout simple, mais en étaient-ils caps ?

Et oui, finalement.

Lendemain, ou surlendemain ils s'étaient retrouvés dans la rue, avec la blouse noire serrée d'un ceinturon à boucle, la lavallière sur le col blanc, le béret alpin emboîtant le crâne nu.

Une, deux ! Une, deux ! Ils marchaient au pas. Le grand Aristide et Beurré devant, Devâme et le Môme derrière, sérieux comme croque-morts.

Ça pouvait paraître bizarre, parce qu'il crachinait et qu'ils n'avaient pas de capuchon. Pas grand monde sur la large artère qu'on venait de rebaptiser Boulevard de Verdun, qui descendait vers la Seine, vers Neuilly et la porte Champerret.

Le gars Beurré avait tendance à geignasser que c'était foutu, tellement minus à côté de ces rêves splendides de conquête des grands espaces.

— Quelle flotte de merde ! On va être transformés en toiles à laver ! C'est comme ça qu'on attrape la grippe espagnole, les gars ! Je sens que ça me vient. Je veux pas vous contaminer. Peut-être que vous pourriez continuer sans moi ?

Ils l'appelaient La Loche, tout en bave !... Une, deux ! Une, deux... Gouverneur de mon cul !... Va pas nous faire tout louper, non ?

Comme il fallait encore plus de courage pour laisser tomber que pour poursuivre, le Beurré toussotait une agonie réprobatrice, mais marchait au pas.

Les rares passants semblaient les ignorer, abrités sous des pébroques, cache-nez balsamiques leur montant aux yeux. D'abord, et les petits gars en éprouvaient peut-être une obscure déception, ils avaient la surprise de voir si peu de cadavres sur les trottoirs. À gauche, à droite, ils avaient beau regarder, ces gens étaient bien sur leurs guibolles.

Tout au plus pouvait-on espérer qu'une foule de crevés agonisaient derrière les vitres closes.

Ils avaient traversé la Seine. Et pour les anciens comme Beurré et le grand Aristide, c'était redécouverte d'un monde. Ils s'étaient arrêtés, penchés au parapet, regardant filer l'eau limoneuse d'une avant-crue.

— Oh, dis donc !

Il y avait de grands oiseaux qu'ils avaient d'abord appelés des corbeaux blancs, et puis plutôt des mouettes. Ils n'en revenaient pas. On n'était pourtant pas à la mer, comme c'était dit dans les manuels. Ça planait, ça piquait en gracieusetés piaillardes. Ça changeait des piafs et des pigeons. Rien que de les voir, c'était le dépaysement. Peut-être qu'en poussant un peu ils allaient apercevoir un condor, ou même un gypaète qui est donc le plus grand oiseau du monde, annoncé dans les livres.

Nom de dieu, c'était comme s'ils sortaient d'un puits.

Le tram du pont Bineau était bien là, mais visiblement il n'y avait pas de macabs à tirer par les pieds.

Conciliabule. Tentait-on le coup des malheureux petits orphelins, pour se faire embarquer sans avoir à payer ?

La receveuse était une bonne femme en calot, épaisse des hanches et poitrine sur le ventre, qui regardait les mômes sans bienveillance excessive. Aristide s'était risqué.

— Ça va à la porte Champerret, M'dame ?

Elle leur avait dit de monter. C'était toujours ça de pris, à l'abri du crachin. Quand le tram avait démarré elle leur avait demandé s'ils avaient des tickets.

— On est des orphelins de guerre, M'dame. D'ordinaire, on ne nous demande pas.

— Où allez-vous ?

— Aux Invalides, M'dame. C'est pour une cérémonie.

Ç'avait l'air de bien marcher. Les autres voyageurs les regardaient avec des mines apitoyées. Et lorsque Beurré avait laissé sa place assise à une dame on avait généralement admis qu'il s'agissait d'enfants bien élevés.

Le Môme regardait par la vitre du tram brinquebalant. Il essayait de lire les noms de rues et avenues coupant le Boulevard.

On se trouvait maintenant dans un Neuilly de luxe, très différent du Courbevoie utilitaire. Le petit avait pointé du doigt.

— Tiens, c'est là !

— Quoi ?

— L'avenue. C'est là qu'habite le Boucher, Maman l'a dit. Vivement qu'on ait un flingue !

Les autres ne paraissaient pas tellement à la longueur d'onde. Simplement, de parler boucherie faisait saliver le grand Aristide.

— On aurait quand même mieux fait d'emporter de la boustife !

À la porte Champerret il y avait un métro qui gardait encore son aspect d'abri souterrain, avec ses sacs de sable.

Voilà, on était donc dans Paris, mais les « régions dévastées » ce n'était tout de même pas le trottoir en face.

Ils étaient descendus pour se mettre au moins à l'abri de la pluie. Il y avait un plan mural qu'ils examinaient, pour y trouver la gare de l'Est. Un brave homme s'y était intéressé.

— Vous cherchez quelque chose, les enfants ?

— Gare de l'Est, s'il vous plaît, M'sieur, avait demandé Beurré. On nous attend pour la cérémonie.

— Quelle cérémonie ?

— On ne sait pas trop, M'sieur. On nous explique pas.

Mais ça marchait aussi sec. Le bonhomme hochait la tête.

— Vous avez des tickets ?

Étonnement marqué du gars Beurré.

— Mais on est des orphelins de guerre, M'sieur !

Ça passait comme lettre à la poste. Ils s'étaient retrouvés sur le quai. Ils étaient montés dans un wagon qui sentait le désinfectant. Des gens se tenaient des tampons sur la bouche, et personne ne s'occupait de personne.

Jusque-là, ça se présentait plutôt bien. Ils évitaient de parler et demeuraient dignes et tristes, comme s'ils continuaient à porter le deuil.

Ils avaient pris les couloirs au changement « Réaumur-Sébastopol », mais ils étaient déjà moins fiers.

— Qu'est-ce qu'on va dérouiller, les gars ! On ferait mieux de rentrer maintenant.

— Pas comme ça ! Pas comme capons mille fois lâches ! On va au moins regarder les horaires à la gare de l'Est.

Ils s'étaient bientôt trouvés devant l'immense bâtiment où fleurissaient encore les drapeaux et bannières de la Victoire sous le nom de Strasbourg.

Personne ne semblait s'étonner de la vadrouille de ces quatre petits gars en noir. On les regardait à peine. Ils avaient même cessé le guignol de marcher deux par deux au pas cadencé.

— Je m'en vais crever ! se plaignait Rousseau-Beurré en toussotant. On a assez fait les cons !

Mais encore une fois, le mieux pour se mettre à l'abri du crachin était d'aller plus loin. Ils étaient entrés dans le grand hall, plein de gens en triste grisaille qui passaient en tous sens et ne s'occupaient pas plus d'eux que des sections de militaires en horizon tout neuf et en molletières, qui attendaient sans doute d'être embarqués, cul par terre au milieu des havresacs et des lebels interminables formés en faisceaux.

Les petits contemplaient, dépassés. Il semblait bien que c'était pour eux le terminus de l'aventure. Que de trêpe grouillant ! Que de réalités servies fumantes, loin des facilités de l'imaginaire ! La loco à prendre d'assaut, c'était rideau ! Ils étaient tout mignards, tout perdus.

Déçus, pour bien dire. Les grands avaient imaginé un Paris aux trois quarts mort, rues désertes, avec rares moribonds crachant leur haleine fétide... Mais alors, quoi ? La grippe espagnole rejoignait donc l'arsenal bidon des bondieuseries nébuleuses ? À qui se fier ?

Le Môme, dernier rentré, et qui avait fait une traversée de Paris quatre ou cinq jours auparavant, était moins traumatisé. Les autres en venaient à le considérer comme responsable de la folle équipée, doucement rancuneux, avec quand même quelques centimètres de supériorité.

— Alors, Môme ! Tu as ce que t'as voulu ! Gare de l'Est ! hein ? Tu vois le merdier ? Qu'est-ce qu'on va se faire engueuler, en revenant !

— Mais on n'a encore rien fait...

Aristide était hypnotisé. Au-delà d'une porte à tambour il avait aperçu des tables, des chaises, et des gens qui bouffaient, servis par des loufiats à serviette sur le bras. Il y avait marqué BUFFET. C'était l'entrée d'un paradis.

— Eh, les gars, vous voyez ce que je vois ?

Ils voyaient. Ils s'étaient approchés. Il y avait des vapeurs de bonne choucroute... Oh, nom de Dieu, si c'était permis !

— On y va, les gars ?

— Mais on n'a pas un rond !

— Qu'est-ce que ça peut foutre. On bouffe, mon vieux ! Une choucroute grosse comme ça, à l'alsacienne ! Et au moment de passer la monnaie, on cavale chacun pour soi !

— Dis eh ! Et les troufions là-bas ils nous tirent dessus avec leurs grands flingues !

— Mais non, ils font la guerre.

— Mais y a plus la guerre, eh neuneu ! Et quand il y a plus la guerre, les troufions ils tirent sur la foule, mon vieux. C'est connu !

Aristide n'écoutait plus rien. Il avait poussé le tambour ; il était dedans.

Devâme et Beurré tenaient rapide conseil.

— Dis, tu vois pas qu'il arrive à bouffer, et nous pas ? On aurait l'air de quoi ?

— Tant qu'à faire… Allez viens, le Môme ! Faut se soutenir.

À l'intérieur il faisait chaud et les odeurs de bière et de choucroute semblaient entrer par tous les pores.

Ils avaient rejoint Aristide qui restait debout tout con. Un garçon de salle était venu vers eux, l'air glaireux d'éjecteur appointé.

— Qu'est-ce que c'est, les enfants ?

— On est des orphelins de guerre, M'sieur.

— Désolé, mais les quêtes sont interdites ici.

— C'est pas la quête, M'sieur. C'est qu'on veut manger. On a de quoi, faudrait pas croire.

Dès qu'il s'agissait d'en installer, le gars Beurré reprenait les rênes.

— On est des orphelins d'officiers supérieurs, M'sieur. Appelez votre chef, je vous prie !

Il y avait des tables de deux ou quatre personnes avec même, aux murs, ce qu'on appelait faute de mieux des becs de gaz électriques, des ampoules sous rabats de tissu rose… Le haut luxe !

Un peu plus loin il y avait une grande table, genre banquet, avec rien que des dames qui cassaient la graine en gueulant dur et s'esclaffant ferme. Un congrès de veuves de guerre, sans doute ?

Maintenant, un mec à face de gérant venait prêter main-forte au loufiat.

— Il faut vous en aller, mes petits gars. Il existe un règlement…

Inutile de le prendre de haut. Devâme avait enlevé son béret, suivi aussitôt par les autres.

— Excusez-nous, M'sieur.

L'effet d'horreur était garanti. Ils avaient vu ça plusieurs fois au temple de Courbevoie lorsqu'ils se décoiffaient à cinquante d'un coup devant les fidèles soudain révulsés. Ils avaient un peu l'air de lapins dépiautés, de poulets déplumés et, de plus, ils étaient encore vivants, badigeonnés, hideux, avec le « jaune d'œuf » indélébile et les oreilles qui paraissaient plus décollées. Le truc rendait toujours, près de la mémère aux zans. Mais ceux-là étaient sans doute plus durs à cuire.

De fait, ils avaient réagi comme devant une obscénité, un véritable attentat à la pudeur. Montrer « ça » à l'honorable clientèle, quelle horreur sans nom !

— Allez hop ! Sortez !

Aux tables, les conversations s'étaient arrêtées. Et même les dames en congrès avaient cessé de rire, toutes tournées vers le lieu du scandale.

Le gérant pouvait difficilement en arriver aux voies de fait devant toute la clientèle. Il se faisait faux prince…

— Vous allez sortir gentiment, n'est-ce pas, avant que j'appelle la police…

Du moment qu'il s'agissait de causette, le gars Beurré était dans son élément. Il se rebiffait, superbe.

— Alors, c'est pour ça que nos pères sont morts ? Pour qu'on nous balance à la porte ? Mais dites-le donc devant tout le monde qu'on est de trop, et que ça gêne les gens en train de s'empiffrer, tandis que nos pauvres papas…

Les copains trouvaient qu'il en remettait trop, mais pas du tout. Le gérant rembinait, tout gêné.

— J'ai du respect pour vos pères, et les malheurs de cette guerre…

Il en bafouillait, se sentant point de mire et ne pouvant décemment botter le train des quatre malheureux petits orphelins déjà moitié dépiautés.

— Allons venez par ici. On va bien vous trouver quelque chose aux cuisines.

Mais Rousseau-Beurré était lancé, vrai lardon de wattman gouverneur des îles et membre du Grand État-Major chargé de détruire la Grosse Bertha.

— Erreur, Monsieur ! On fait pas la manche ! Retirons-nous, les gars, mais on en causera deux mots au Général !

Ça faisait merveille ! Le gérant frisait du nez, mais une des dames du congrès des veuves intervenait, apparemment forte en gueule.

— Un instant ! Que reprochez-vous à ces enfants ?

— Rien, Madame. Rien de spécial, sinon que j'aimerais savoir s'ils sont en état de régler l'addition.

— Il n'y a pas d'addition ! Ce sont mes invités. Je vous prie d'ajouter quatre couverts et quatre chaises !

Les mômes regardaient, encore incrédules. La dame était du genre peinturlure, avec la bouche poussée au rouge et le tour des yeux au bleu-noir. Ça s'harmonisait d'ailleurs avec les teintes de son grand papeau compliqué, piqué dans son chignon. Elle avait sûrement de l'autorité. Les autres dames qui paraissaient plus jeunes ne mouftaient pas. Un silence s'installait.

Le gérant virait au faciès hépatique, furax mais servile.

— Comme ça, Madame, ça change tout !

Il avait tapé dans ses mains du côté des loufs à rouflaquettes.

— Allez, vous autres ! Vous avez entendu ? Quatre chaises et quatre couverts !

C'était incroyable. La dame faisait signe.

— Venez, les petits !

Devâme avait soufflé : « Faut dire merci. » Et tous quatre en chœur ils avaient dit merci M'dame !

Elle leur souriait. Elle avait dit aux autres de faire de la place. Elles étaient sept ou huit, bien mises, sûrement du beau monde. Les petits gars s'étaient trouvés séparés, entourés. On les appelait gaminets, petits cocos, c'était la sympathie.

La choucroute fumait dans plusieurs plats réchauffés. Ça brillait partout et ça sentait bon. Oh, la la ! qu'est-ce qu'ils auraient à raconter aux minables restés à Courbevoie !

Le Môme était entre deux petites dames gentilles, peut-être un peu rondibardes, mais encore toutes jeunettes, sans doute à peine majeures et qui semblaient avoir du respect pour la dame grande gueule qu'elles appelaient Madame Germaine.

Et Madame Germaine, peut-être présidente du groupe, tapait dans ses mains.

— De l'eau pour mes petits ! Pas une goutte de vin. C'est bien entendu, Mesdemoiselles ?

— Oui, Madame Germaine.

Vain dieu, la bonne auberge ! Il n'y avait plus qu'à se laisser faire !

À sa gauche, le Môme avait une petite demoiselle qui s'appelait Louisette. De l'autre côté, c'était Maria.

— Comment t'appelles-tu ?

Il avait dit Michou, huit ans et demi. Tout le monde se gavait de l'énorme choucroute brûlante. Le petit remarquait que Mademoiselle Louisette avait de grosses mains rouges et qu'elle parlait avec un accent péquenaud, mais elle s'occupait de lui comme une petite mère.

— Qu'est-ce qu'on vous a fait à la tête, mes petits ?

— C'est contre la grippe espagnole, Mam'zelle.

— Tu l'as eue ?

— Non, justement, y a les miasmes qui foutent le camp, ils n'aiment pas ça. Et, s'il vous plaît, qu'est-ce que vous êtes, vous ?

Louisette avait ri, s'était adressée à Maria par-dessus la tête du petit.

— Il demande qu'est-ce qu'on est !

Elles avaient ri toutes les deux, ce n'était pas une réponse. Puis Louisette avait doucement expliqué :

— On a nos fiancés, en somme, qui nous attendent du côté de Mourmelon.

— Vous prenez le train ?

— Bien sûr !

Et les deux filles riaient encore par-dessus sa tête. Il n'était pas sot et il avait compris. Tiens, c'était donc ça, ce qu'on appelait des putes ? Comme elles étaient gentilles, et autrement sympas que l'horrible mère Venin qui lui crachait parfois dans l'escalier : « Ta putain de mère ! »

— Moi, mon père, il est mort aux Hurlus, vous connaissez ?

— Non, mon gaminet.

— Maman, elle est chez les folles parce que les voisines sont trop salopes avec elle.

Ça lui venait comme ça, en violent besoin de s'épancher. Les filles ne riaient plus. Elles se regardaient. Louisette lui avait touché le bras.

— Tu n'as personne d'autre ?

— Non.

— Eh bien, tu es notre petit gamin. Pas vrai ?... Du moins, le temps de finir la choucroute.

Ils avaient englouti la charcuterie un moment sans rien dire. Et puis le Môme avait reposé sa question sur les Hurlus.

— On ne sait pas du tout, mon petit. Le camp de Châlons, ça ne te dit rien ? En quelque sorte, on va y travailler... Qu'est-ce que tu veux faire, à tes Hurlus ?

— Peut-être que je verrai la tombe de papa.

— La tombe ?

Et la bonne jeune Louisette s'était penchée. Sa poitrine gonflait et dégonflait son corsage comme marée d'équinoxe. Elle murmurait, la voix changée, mais faisant toujours rouler son accent de, sans doute, Berrichonne.

— La tombe... Mais y a point de tombe, mon petit Michou. C'est pire que tout. Ils font des tas. Moi, j'ai point vu, mais... un fiancé m'a dit comment c'était. Et j'ai point de raison de point le croire. Pourquoi qu'ils démobilisent pas tout le monde, mais c'est pour arranger un peu, tu comprends ? Qu'on ne voie point que c'est tout Boche et Français mélangés, que ça n'avait plus d'importance et qu'ils étaient seulement là pour qu'on tire dans le tas... Les uns, les autres, tu comprends ? Des Messieurs bien placés qui ordonnent qu'on balance des obus ou des bombes dans le tas !

— Tais-toi ! avait doucement conseillé Maria.

— Oui, que je me tais, bien sûr. Mais moi aussi, petit Michou, j'ai du monde de famille qui est dans un tas, je sais point où. Et j'ai point envie d'aller voir ça !

Le Môme pouvait voir les copains, sauf le grand Aristide qui était dans la même rangée que lui, séparé par Maria et une autre fille.

En bout de table, Madame Germaine avait soudain donné de la voix.

— Odette ! J'ai dit : pas une goutte de vin !

— Oh, à peine, Madame ; çui-là c'est déjà un grand dévergondé qui me cause de mes lolos !

— Il suffit ! Un peu de tenue, s'il vous plaît, mesdemoiselles ! On serait trop content de nous faire des histoires.

Ces demoiselles piquaient du nez dans leur assiette. Au fond, ça marchait comme un pensionnat, Madame Germaine était mère maquerelle mais, sans doute de ce fait, elle avait dans les entrailles des trésors de maternalisme. Elle s'intéressait à l'appétit des mômes.

— Ça va ? Reprenez-en, mes petits choux ! Et puis après, il y aura un bon gros gâteau. Vous aimez ?

— Oui, M'dame !

— Ces petits trésors... Si c'est permis de leur raser le crâne comme à des petits bagnards !

En face du petit Michou, Beurré avait demandé d'un ton faussement candide si elles étaient des dames de la Croix-Rouge.

Rires feutrés des filles. Mais Madame Germaine répondait, affable et pas gênée du tout. Oui, en un sens, elles avaient une mission à remplir auprès des braves combattants...

— Mais je croyais que la guerre était finie, M'dame...

Cet abruti allait-il faire louper le gâteau promis, à vouloir jouer les avantageux ? Devâme et Aristide l'avaient cloué comme un seul homme.

— Ferme ton clapet !... Faut pas faire attention, M'dame. Il est comme ça depuis que son père a sauté la Grosse Bertha !

Rires défoulés sur toute la table, Madame Germaine en tête. Voilà des mômes comme on les aimait, pas bégueules. Inutile de jouer les sucrées.

Aux tables voisines c'était réprobation. Pas directe, non, il était un peu trop téméraire d'oser affronter une bordée de putes. Mais on réclamait un peu partout l'addition d'une voix claire et indignée.

Ces demoiselles observaient, revenues de bien des choses.

— Les rats quittent le navire, ça va péter des flammes. Sûr qu'on va avoir droit aux bours en melon des mœurs !... Le dessert ! Le dessert !

Et elles tapaient en cadence dans les assiettes, suivies par les mômes. Madame Germaine restait sereine et apaisante. Au gérant qui approchait, verdâtre, elle avait réclamé les tartes et le café.

— Et puis, mon petit Monsieur, dites-vous bien que si les flics viennent nous faire des misères, moi je leur fous la P.M.G. au cul ! Nous sommes en mission !

— Certainement, Madame.

Le petit Michou avait demandé à Louisette ce que c'était que la P.M.G. C'était la police militaire des gares, ou quelque chose d'approchant.

Maria au chapeau de plumes vertes, qui avait sans doute un peu forcé sur le muscadet, avait cru devoir le renseigner davantage.

— Nous, on serait plutôt le B.M.C. !

— Ta gueule ! l'avait rivée la bonne Louisette.

C'était gentil. Mais à huit ans et demi il y avait déjà un bon moment que, dans la cour des écoles, le petit Michou avait entendu parler des bordels militaires de campagne… Des dames et des messieurs qui se « faisaient ça »… Son innocence n'en était pas entamée pour autant.

Les tartes aux mirabelles se présentaient en deux gros gâteaux ronds à découper. Madame Germaine avait tenu à ce que l'un des gâteaux revienne aux mômes affamés. Ça faisait de bonnes grosses parts qu'ils engloutissaient sans demander grâce, quasiment prêts à recommencer le repas.

— Mais qu'est-ce qu'ils vous donnent donc à manger, à votre orphelinat ?

— Pas grand-chose, M'dame, renseignait le grand Aristide. On la pète, on la crève ! C'est chouette ce que vous faites ! On peut s'en aller avec vous, s'il vous plaît ?

— Il n'en est pas question. Et d'abord, qu'est-ce que vous faites, loin de Courbevoie ?

Question délicate... Un seul signe de l'imposante Madame Germaine, et la P.M.G., ou toute autre police, allait venir alpaguer les petits évadés... Personne n'osait répondre. Alors Louisette avait dit que le petit voulait voir la tombe de son père.

— Vraiment ? Ils ont un ordre de mission ?

— On n'a que dalle ! avouait humblement Beurré. C'est tout de même pas un crime que d'aller voir où c'est qu'ils ont enterré nos pères... Que dalle, M'dame, je l'ai pas fait exprès, c'est pas marrant.

Non, ce n'était pas marrant, les filles ne riaient pas. On avait versé le café également aux enfants. On sirotait et rotait l'après-repas, on était bien. Les filles se levaient deux par deux pour aller aux toilettes. Le gérant les regardait, horrifié, comme si elles allaient foutre la chatouille à ses couvercles de cabinets.

— À votre place, conseillait Madame Germaine aux mômes, je rentrerais bien gentiment à Courbevoie. Je peux même vous donner de quoi prendre le métro et le tram. N'est-ce pas, mes garçons ?

— Oui, M'dame.

Sûr qu'on allait rentrer. On se ferait engueuler au bureau du dirlo, peut-être avec rappel des souffrances du petit Jésus, mais bon Dieu, quelle aventure ! On pouvait vivre des mois là-dessus, héros reconnus au milieu des autres dégonflés ! C'était même trop beau ! Une choucroute avec des braves putes d'un bordel de campagne… Personne n'y croirait !

Adieu aux dames. Louisette et Maria avaient fait la bise au Môme qu'elles appelaient Michou, Chouquet, Chouquinet… Des cœurs !

Madame Germaine avait donné des sous au plus grand. Dans le hall, Aristide comptait. Il y avait bien de quoi se payer le métro en première classe !

— Moi, les gars… L'Odette elle ne demandait que ça ! Oh, les bonnes fillasses ! Que ça m'en fait mal à la queue, les mecs !

Et de montrer, en soulevant sa blouse noire, une incontestable protubérance du pantalon à hauteur de braguette.

— Vous pouvez pas comprendre ! Je souffre trop, faut que je me répande !

Allait-il jouer masturbe en public ? Non. À trois ils s'étaient rendu compte que le petit restait en arrière, planté au mitan du hall.

— Eh Môme, tu t'amènes ?

Mais le petit faisait non, de la tête, et même le signe adieu. Ils étaient revenus vers lui.

— Alors, quoi ? T'attends une nouvelle porcif de choucroute ? T'as vu ce que tu voulais voir, oui ?

— Non, faisait le Môme. C'est pas les régions dévastées !

Douce stupeur des grands. Devâme avait parlé au petit filleul.

— Veux-tu être raisonnable, allons ! Tu vois bien que c'est pas possible. Faut déjà s'estimer heureux qu'on est tombés sur des bonnes grognasses. Nous voilà pleins de fric et pleins de bouffe, comme jamais ! Faut pas pousser, Môme !

— Ici, c'est pas les régions dévastées, s'obstinait le petit. Vous causez que vous allez au Far West et au Sénégal, et puis à la gare de l'Est y a déjà plus personne !

Fâcheux, le Môme ! Les autres s'en trouvaient déjà moins champions.

— Écoute, Môme, on verra ça une autre fois. Ce coup-ci, on a tâté le terrain, tu comprends ? On a fait une reconnaissance. Et d'ailleurs c'est pas la bonne gare. La prochaine fois on ira à la gare P.L.M.

Et les voilà qui repartaient dans des rêvasses à rien foutre. Ah ! la Méditerranée, la Grande Bleue !

— Tiens, peut-être qu'on va aller voir tout de suite les horaires à la gare de Lyon. T'es content ?

Non, le petit boudait et ne bougeait pas. Il voulait absolument ses régions dévastées !

Aristide avait commencé par être grossier avec ce petit con, le bousculant vers la sortie. Mais le Môme s'était dégagé, se mettant à courir dans le grand hall. Ils lui avaient dit : « Crève donc ! »

Et voilà que la Crève arrivait justement. Les gens avaient l'air de reconnaître ces brancardiers en longue blouse et en bottes, avec des gants, des masques... Bon Dieu, la Peste ! Mais oui, ça existait donc !

Les gens ne s'affolaient pas, mais prenaient nettement la tangente, laissant un vide « sanitaire », tandis qu'un flic déblayait, de la voix.

— Dégagez ! Dégagez !

Des dames du genre bonne famille qui apportaient du vin chaud aux soldats s'étaient prudemment repliées, entraînant le petit gars.

— Qu'il ne reste pas là, ce petit !

Elles faisaient le signe de croix au passage du brancard recouvert d'un drap blanc. Le Môme avait cru devoir retirer son béret dans cette ambiance macabre. Elles s'étaient étonnées.

— Mais qu'a-t-il donc ? Une opération ?

Bonnes filles aussi, quoique dans un tout autre genre. Elles avaient une manière d'uniforme d'infirmière en voile pervenche du plus heureux effet, avec au front un sigle voisin des Enfants de Marie. De la tenue ! Et rien qu'à les entendre on les devinait rombières de bienfaisance. Elles posaient même leurs questions à la troisième personne du singulier ; c'était dire !

— D'où vient ce jeune homme ? Qu'a-t-il donc sur le crâne ?

Il avait fallu répéter que ce jaune d'œuf de la Maman Panier était souverain contre la grippe espagnole. Les trois grandes dames paraissaient poliment sceptiques.

— Et que fait-il dans cette gare ?

— Je vais aux Hurlus, M'dame.

— Vraiment ?

— Vous connaissez pas non plus ?

— Je situe. Et que va-t-il faire, aux Hurlus ? C'est en pleine région dévastée !

On le néantisait un peu, mais ces jeunes grandes dames n'avaient pas l'air vache. Et puis au moins elles semblaient plus au courant que les petites dames du bordel militaire. Il avait dit qu'il allait sur la tombe de son père.

— Il est donc orphelin de guerre ?

— Oui, M'dame.

Les dames avaient pris les douces mines condoléantes.

— Il a l'air bien perdu dans cette grande gare, n'est-ce pas ?

Ça sentait le chaud picrate qui semblait bouilloter dans une marmite montée sur trépied, au-dessus d'un petit feu d'alcool. Les dames avaient dû voir ça dans les livres, aux pages de l'épopée impériale. Mais les troufions voisins qui attendaient sur leur sac n'avaient pas l'air très enthousiastes. Et comme un serpatte les invitait à présenter le quart réglementaire, ils faisaient : bueurk !

— Voyons, interrogeaient les suaves dames, il n'est tout de même pas isolé ?

— Y a les copains, M'dame.

— Et où sont donc les camarades ?

— Sans doute dans le train, M'dame.

— Quel train ?

— Le train des régions dévastées, M'dame.

On l'avait prié de se recoiffer, c'était par trop gênant. Fallait-il lui offrir un verre de vin chaud ?

— Quel âge a-t-il, ce garçon ?

— Huit ans et demi, M'dame.

Non, il valait mieux ne pas risquer de le rendre malade avec ce gros-qui-tache dont même les troufions ne voulaient pas. Mais ces petites dames bien élevées se sentaient responsables et le prenaient en main. L'une d'elles avait dit qu'elle allait se renseigner au Bureau central.

Les autres s'interrogeaient... Les Hurlus ? Elles situaient, du côté de Mourmelon... N'était-ce pas l'endroit où Louisette avait dit qu'elle allait travailler ?

— Je crois que c'est ça, M'dame ! C'est le moniteur qui l'a dit. Il doit être dans le train.

Ça venait comme ça tout seul, sans vraiment chercher à monter des craques. Mais partir, oui, pour voir les régions dévastées et se trouver une arme, ça valait bien de pousser la bobèche !

— Voyons, qu'irait-il faire à Mourmelon ?

— La cérémonie, M'dame. Une prise d'armes, qu'on appelle ça !

Il ne mentait plus. Il allait bien faire une prise d'armes, non ?

Les petites dames suaves avaient l'avantage d'être efficaces. Le Môme avait vite revu celle qui était partie aux renseignements. Renseignements ? Peut-être pas. Mais elle ramenait les copains. Ils avaient dit : « Oui, c'est lui ! » Ça pouvait s'arrêter là.

Mais le Môme pas con était sur sa lancée. Il leur avait demandé s'ils revenaient du train.

— Quel train ?... Ah oui, bien sûr, le train...

Ça puait le faux billet à plein nez. La craque aurait craqué devant n'importe qui, mais ces aimables jeunes rombières étaient du genre à prendre des puces pour de l'urticaire. Charmantes gogotes amatrices de rites et de folklore. Cérémonie, prise d'armes, drapeaux inclinés sur des tombes, ça les pénétrait comme coït. Elles s'étonnaient cependant.

— N'y a-t-il donc pas une grande personne avec eux ?

— On a le moniteur, M'dame. Il doit être dans le train. Pas vrai, vous autres ?

— Sûr ! Il nous a dit qu'on vient te chercher.

— Veulent-ils qu'on fasse un appel aux haut-parleurs ?

— Haut-parleurs ? Pas la peine, M'dame. On va retrouver tout seuls.

— Je les accompagne !

Et voilà qu'ils étaient dans le train, et que le train roulait.

Ça s'était passé sans les douleurs de l'enfantement. La dame Pervenche les avait accompagnés au quai, passant au contrôle des billets sans le moindre couac.

Les grands n'étaient pas tellement chauds, mais comme le train démarrait ils avaient couru derrière le Môme, pour grimper dans un compartiment de troisième classe déjà surbondé.

Ils étaient debout et se tenaient aux porte-bagages. Sauf le Môme qu'une Mémère avait déjà pris sur ses genoux.

Le grand Aristide n'avait plus de protubérance, et les deux autres faisaient plutôt la pâle gueule, lancés dans cette aventure en forme de toboggan.

— Où vont-ils, ces petits malheureux ?

Il avait fallu dire qu'ils étaient orphelins de guerre, pour être admis. Où ils allaient ? À Mourmelon ! Mais il semblait qu'il n'y avait pas de Mourmelon sur la ligne. On leur conseillait de descendre au premier arrêt, et de se renseigner auprès du chef de train.

Le matériel était vétuste avec des compartiments sans couloir, comme sur une ligne de petite banlieue. Ça secouait, pénible. Le Môme questionnait sa mémère.

— On va bien dans les régions dévastées ?

— Régions dévastées ?... Ça va jusqu'à Châlons. Après, je ne sais plus, mon petit. Ça doit être zone militaire ; tout le monde descend !

— Mais y a plus la guerre ?

— Il y a les mines, les ponts sautés... Moi, j'arrête avant. Je crois qu'ils font des transbordements en cars, plus loin.

Ça ne roulait pas vite mais ça produisait un bruit énorme d'écrasement, de grincements. À deux ou trois reprises le grand Aristide avait prévenu qu'il laissait tomber. Il s'approchait de la portière, comme pour sauter sur le ballast... Ça filait tout de même suffisamment pour se trouver viscéralement la sagesse de la dégonfle. Alors il transposait, lui mec de bientôt quatorze ans, avec les ronds dans sa poche, en somme responsable de ces petits cons.

— Je peux pourtant pas vous laisser dans la panade !

— C'est loin Châlons, M'dame ?

— Loin ? Tu veux dire combien d'heures ? Ça dépend.

Il semblait qu'il y avait des habitués de cette ligne, mais tous descendaient bien avant Châlons. Certains se disaient réfugiés.

— Tout perdu, Monsieur ! Et les dommages de guerre, on pourra les attendre longtemps !

Ça parlait de Poincaré, Clemenceau et autres guignols qui n'intéressaient en rien les mômes.

— Vous avez entendu parler du général Des Gringues, M'dame ?

La dame, non. Mais un bonhomme, oui. Il avait tout un côté du visage enfoncé et mal cicatrisé. On commençait à les appeler les Gueules Cassées, histoire de vachement banaliser ces pauvres mecs.

— Moi, je connais ! Le Boucher des Hurlus, une belle ordure ! Et Mangin, et Pétain, les vaches !

Nul ne protestait dans le compartiment. Ça faisait du bien de trouver un peu de compréhension. N'y avait-il donc de gogos fins patriotes qu'à la porte de Bagnolet ?

— Moi, je vais le tuer ! murmurait le petit Môme.

— Quoi, mon bonhomme ?

Les copains étaient gênés, lui soufflaient : ta gueule ! Dans le vacarme roulant la dame entendait mal. Il avait dû répéter, presque crier.

— Il a fait fusiller mon père, M'dame. Je vais le tuer !

Pour les gens du compartiment c'était plutôt agréable passe-temps. Un petit garçon qui voulait tuer un général, ça dépassait à peine le niveau du sabre de bois.

— Tiens, ce petit trésor, il veut tuer un général...

— Il a bien raison, ce mignon. Ce Boucher-là, il faudrait même lui couper... sauf votre respect, Mesdames... lui couper les choses ! Et les lui faire avaler à la vinaigrette !

On souriait à l'aimable boutade du bonhomme « gueule cassée » qui avait bien gagné le droit de déballer le fond de sa pensée. Mais enfin, ça restait des mots, ça n'allait pas loin. Le petit Lhozier ressentait ça au fond des tripes... Ils causent, ils causent !... Et peut-être bien que d'ici quelques années, quelques mois, ce pauvre brave mec à demi-trogne serait en tête du cortège des tristes abîmés, crachats sur la poitrine, béret sur le crâne, drapeau déployé, devenu simple prétexte à réclamer plus de crédits, plus de puissance, plus de secret pour ce qu'on appelait pudiquement Défense Nationale, monstre qui produirait d'autres Pétain, d'autres Mangin, d'autres Des Gringues destinés, eux, à trépasser béatement dans leur paddock, après avoir fait massacrer les humbles connards.

Sûr que ces mots ne lui venaient pas, mais la lumière intérieure, oui. Ni dieu ni maître ! disait Papa. Alors on les appelait anars, et tout commentaire était superflu.

— Tu crois comme ça que tu vas trouver ton général sur un champ de bataille ? Ce serait bien la première fois !

Même la mémère riait.

— Ces gros cochons-là ! Si ça les intéresse tant, faudrait les mettre à faire la guerre en caleçon de bain, devant tout le monde.

— C'est ça, Madame ! Sur un ring, le Boche, le Français. Poincaré contre le Kaiser ! Qu'est-ce qu'on rigolerait !

Ils riaient en effet, ça faisait du moins circuler le sang.

Le train s'était arrêté quelque part. Il était si long qu'on ne distinguait même pas le nom de la gare, au loin. On avait conseillé aux mômes d'aller se renseigner, comme aucun type en casquette ne se risquait sur ces arrières.

— J'y vais ! avait proposé Aristide.

Mais allait-il revenir ? C'était moins sûr. En quelques secondes les autres s'étaient lancés à sa suite.

Il y avait des civils, mais aussi des wagons entiers de militaires dans des compartiments normaux, parce que des députés avaient protesté qu'on ne devait plus trimballer les « défenseurs de la Patrie » dans des wagons à bestiaux, hommes, 40, chevaux en long, 8, surtout maintenant que la guerre était finie.

Il y avait une monumentale odeur de vieille pisse et vieux étrons dans le triste crachin. Des troufions déféquaient vers de maigres buissons. On avait enfin trouvé un employé du train... Mourmelon ? Il avait déjà entendu dire. Mais sûr, ce train n'y allait pas ! Ça semblait être le loupé total.

Et puis voilà qu'à la portière d'un wagon de seconde ils avaient aperçu une tête de fille un peu congestionnée, avec un superbe chapeau à plumes vertes... Maria !

Elle les avait vus...

— Regardez donc qui est là !

En un instant, c'était cinq, six visages de bonnes filles.

— Hep ! les mômes !

Même Madame Germaine avait mis le nez à la portière.

— Sapristi ! Qu'est-ce que vous foutez là, garnements ?

Ils avaient triste allure de chats mouillés, on ne pouvait les laisser sous la pluie. Ils étaient montés. Elles étaient toutes là, dans un compartiment pour elles toutes seules.

Madame Germaine grondait.

— Alors, c'est ça, Courbevoie ?

Une chose certaine, c'est qu'on allait bien vers les délices de Mourmelon, dont une dame pervenche avait dit que c'était proche de la zone des Hurlus. Le Môme était ravi.

— Et c'est qu'ils ont l'air tout contents d'eux, ces petits saligauds ! Alors comme ça, on fout le camp, on fait une fugue ! Je m'en vais vous signaler à la P.M.T. !

Ça devait probablement être la police militaire du train, dans ce monde à initiales. En attendant, les filles paraissaient maternellement ravies de retrouver leurs petits bonshommes. Louisette embrassait son petit Chouquinet.

— Ils sont trempés, Madame Germaine. Ils vont attraper du mal !

— Mais enfin, pourquoi ont-ils pris ce train ? Qu'est-ce qu'ils cherchent ?

Beurré avait trouvé son air hautement désabusé de Gouverneur des îles junior.

— Y a le Môme qui veut tuer un général, M'dame !

— N'essaie pas de te foutre de moi, petit effronté !

— Bien fait ! avait roussé la bonne Louisette. Les généraux, on s'en fout, c'est pas notre clientèle !

Madame Germaine était outrée.

— J'ai sans doute mal entendu ?... N'oubliez jamais, Mesdemoiselles, que nous sommes une « Maison » convenable. Que dis-je... Une institution ! Et qui ne tolère ni politique, ni commentaires, sauf dans le bon sens ! Je me fais comprendre ?

Les filles en restaient écrasées.

— Qu'est-ce qu'elle cause bien ! avouait doucement Louisette. C'est là que je vois bien que j'ons point d'instruction.

Refoutre les mômes dehors ? Il n'en était plus question, le train roulait. Madame Germaine pestait. Son beau papeau enlevé, son corset à baleines dégrafé sous le corsage, elle paraissait nettement croulante, vioque à gueulantes, redoutable comme agonie. Les filles se bouclaient, glissaient des regards intimidés, avec soudain le spectre du lock-out au plafond.

Les mômes non plus n'osaient affronter. Les filles, en se serrant, leur avaient trouvé place sur les banquettes.

Madame Germaine violaçait.

— Nom de dieu, il faut les virer ! Pas question de débarquer à Châlons avec cette flopée de mômes au crâne ras ! Détournement de mineurs, vous vous rendez compte ?

C'était le genre soupe au lait vite débordée, éteignant le gaz et retombant au fond de la casserole, bonne à la consommation, bonne aux chatons, peut-être simplement tendre.

— Vous rendez-vous compte, petits malheureux ? Et d'abord, qu'est-ce que c'est que cette histoire de général ? Réponds donc, toi, l'effronté !

Elle s'adressait à Rousseau-Beurré, pas fâché d'avoir l'air d'un interlocuteur valable.

— C'est le général qui a fait fusiller nos paternels, Madame ! Je ne sais plus bien son nom, mais on l'appelle le Boucher des Hurlus, tellement qu'il a fait tuer du monde de chez nous !

— Et alors ?

— Même qu'il habite à Neuilly, Madame. On a déjà tous les renseignements. Et aussi vrai que je suis là, on va le descendre !

— Quel Neuilly ? avait demandé la dame. Il n'y a guère de Neuilly par ici ! Vous êtes des pauvres mômes, vous ne savez pas ce que vous dites. Vous avez encore bien de la chance de tomber sur une bonne poire comme la mère Germaine ! Non mais, dites un peu ! C'est ça, la nouvelle génération ? Ça promet !

— Moi, poursuivait le jeune gars Beurré avec d'imbattables accents de sincérité, ils ont mis ma mère chez les folles ! Et ils l'attachent sur une croix, parce qu'elle leur dit qu'ils font un métier dégueulasse ! Que je meure tout de suite si c'est pas vrai !

La tête levée, le regard clair, il y croyait vraiment. Des larmes lui venaient. Il se mettait les bras en croix, soudain impressionnant, la voix rauque, ayant entièrement adopté l'histoire telle qu'arrivée au Môme.

— Comme ça, Madame ! Devant moi, pour que je crie : Vive l'Armée ! À maman ils ont mis des épines plein le front, et des trucs avec des fils pour lui faire des étincelles électriques ! Elle criait : Non-on-on ! Et le général il se marrait, le fumier !

Il criait aussi, exorbité, suant sa choucroute… « Non-on-on ! »… Il se bouchait les oreilles et semblait souffrir.

Les filles, et même la mère Germaine étaient sidérées. Les roues du train rythmaient sur les joints des rails, en arrière-fond de sorcellerie.

Le petit Lhozier était plutôt étonné qu'on lui prenne ainsi son bien pour en faire ce théâtre, mais il se rendait vaguement compte qu'arrivait quelque chose de pas ordinaire. Devâme et Aristide avaient pris des mines fermées, sérieux comme bistouris. Ils tentaient de saisir les bras du copain qu'ils connaissaient bien.

— Ça va comme ça, vieux ! Ne te rends pas malade ! Arrête ton char !

Mais... badaboum, badaboum..., sur les cadences des boggies, le pauvre mec Beurré se dégageait, soudain fort comme dix. Il hurlait : « M'man ! » et ses yeux se retournaient. Il était tombé d'un bloc au milieu du compartiment, agité de convulsions, une bave rosâtre au bord des lèvres.

Toutes ces dames s'étaient tassées dans les coins. Elles ne criaient pas, elles avaient sans doute vu pire, mais elles fixaient intensément le gamin qui s'agitait en soubresauts sur le plancher.

Devâme et le grand Aristide, déjà bien au courant des crises du copain, veillaient à ce qu'il ne se cogne pas trop. Ils avaient pris un sac au hasard et l'avaient glissé sous la tête du malade.

Les secousses convulsives s'étaient progressivement arrêtées et le gars restait inerte, les yeux ouverts.

— Allongez-le sur une banquette ! avait ordonné la mère Germaine.

Ce qu'ils avaient fait en cafouillant un peu, le grand Aristide prenant les épaules et ces dames tirant les pieds.

La petite demoiselle Rose restait apeurée contre la portière, quasiment prête à sauter.

— C'est-y la grippe espagnole, Mâme Germaine ?

— Mais non, pécore ! C'est une crise d'épilepsie. Rassure-toi, ce n'est pas contagieux. Ditesmoi, les enfants, ça lui arrive souvent ?

— Souvent, M'dame ?... Non, on peut pas dire. Mais ça lui vient comme ça, au dortoir, ou en classe.

Mômes et petites dames, ils étaient tous debout dans le compartiment soudain trop petit, observant le malade allongé.

— Faudrait faire quelque chose...

— Y a rien de spécial à faire, M'dame. Il revient tout seul en surface et il ne se rappelle de rien. Heureux que cette fois il a pas pissé dans son froc. Ça arrive.

— Le démon ! murmurait Rose... Il est possédé !

Elle se signait et marmonnait des prières. Et voilà qu'Odette et Maria, et d'autres encore moulinaient aussi des grands signes de croix, en appelant à la Sainte Mère de Dieu... Ça devenait pénible. D'autant qu'elles poussaient les enfants à supplier le Ciel.

— Priez la Sainte Vierge !

— On peut pas, M'dame. On est protestants !

Redoublement des moulinets. On peut être pute et fine croyante, c'est le fond de toute bonne littérature agrééée.

Le pauvre gars Rousseau-Beurré revenait doucement à lui, d'abord un peu confus et surpris de voir tous ces visages inconnus penchés sur lui. Puis il avait compris.

— Une attaque ?

La mère Germaine était toute bonne, comme sur son propre enfant.

— Tu ne peux pas rester comme ça, mon pauvre petit.

— Oh, que si, M'dame ! C'est pas la première fois !

Il se tâtait à hauteur de braguette.

— J'ai pas fait sous moi, c'est toujours ça de mieux. Hein, les gars, y a eu pire !

Il s'était assis, encore pâle et filet rose à la bouche. Malgré son sens du théâtre il était maintenant gêné d'être le centre de l'attention.

— Excuse… Me v'là tout con… Les gars vous diront que je ne le fais pas exprès. Qu'est-ce qui s'est passé ?

— Rien de plus. Tu t'es mis à déconner, et puis voilà !

La bonne Louisette sortait un flacon.

— Un petit coup de vieux rhum, c'est du bon !

— Surtout pas !

Madame Germaine, qui avait dû voir bien des bagarres et des bonnes femmes en pâmoison, lui frottait plutôt les tempes à l'eau de Cologne.

— Là ! Ça va aller mieux, mon petit !… Arrêtez de faire vos simagrées, vous autres ! On ne veille pas un mort !

Lent retour au calme, dans le compartiment. Le petit Lhozier s'étonnait un peu de ce que le copain malade ait pu voir ainsi une femme, une maman, avec des épines au front et des fils électriques… C'était peut-être ça, oui, et l'ami Rousseau en avait eu la vision, plus loin encore que lui-même. Certainement on avait aussi tondu les cheveux de Maman. Certainement on lui appliquait des machins électriques pour lui produire des chocs. Certainement on la torturait en dehors des heures de visite. Il n'y avait aucune autre raison pour qu'elle soit ainsi toute morne, sans yeux et sans oreilles, et qu'elle murmure d'une voix de vieux phono éteint : « Vous n'avez pas honte de faire un pareil métier ? »

Louisette aux grosses mains rouges avait vu qu'il pleurait doucement. Elle l'avait pris tout contre elle. Elle lui essuyait les yeux avec un mouchoir qui sentait la verveine.

— Il en est tout retourné, voyez donc !

Mais il n'était pas dans le tempérament du Môme de se laisser cocoter bien longtemps. Il s'était dégagé.

— Mes pauvres petits, s'apitoyait Madame Germaine, vous avez dû beaucoup souffrir. Et d'abord, ces cheveux à ras, est-ce bien légal ? J'en toucherai deux mots au Ministère des V.G.E.A., par l'intermédiaire de l'ordonnance du chef d'état-major du général Des Gringues.

Quoi ? Que disait-elle ?... Les mômes se foutaient bien de la signification du jargon administratif réduisant en dossiers les victimes de guerre et enfants assistés, mais que « leur » général à eux soit maintenant assez faux cul pour avoir la haute main sur les familles de ses victimes, ça dépassait les bornes !

— Général Des Gringues, Madame ? Le Boucher des Hurlus ?

— Le Vainqueur des Hurlus, veux-tu dire !

— Mais, M'dame, c'est lui qui...

— Vous voulez dire que c'est sous son commandement que vos pères sont bravement tombés face à l'ennemi... Bravo, mes enfants !

Malentendu ? Ce n'était pas certain. La bonne femme était de taille à jouer le tank pour enlever le morceau. Et sûr qu'elle aurait pu fermer la gueule à des adultes aux miches à zéros. Mais, face à elle, elle avait des enfants. Et notamment le Môme qui ne chialait plus du tout.

— Mais c'est lui qu'on veut descendre, M'dame !

— Veux-tu bien te taire, garnement !

Les filles ne l'ouvraient pas, neutres. Elles auraient bien voulu être trois compartiments plus loin. D'autant que la mère Germaine faisait souverainement appel à leur témoignage.

— N'est-ce pas, Louisette ?... Bel homme, belle allure, bon Français.

— Je l'ons point beaucoup approché, Mâme Germaine.

— Peut-être. Mais, Mesdemoiselles, quelques-uns de vos… fiancés en parlaient avec un certain sentiment d'admiration, n'est-ce pas ?

— Heu…

— Dites-le à ces enfants qui, je le vois, sont victimes d'une certaine propagande antifrançaise !

Et, tournée à nouveau vers les mômes, elle arrondissait ses adiposités de maquerelle, souriait de son râtelier à ressort qui, sans doute, pouvait dégoiser tout seul ces copies conformes qui permettaient de survivre dans un monde extracon. Elle s'adressait plus spécialement au petit.

— Je n'ai rien entendu, mon trésor. Crois-en la maman Germaine, il faut encore que tu grandisses beaucoup, avant de vouloir jouer le petit Casse-tout !… Regardez-moi donc ses yeux ! Si c'était des pistolets, poum ! je serais morte ! C'est comme ça que tu veux descendre un général ?

Il la fixait, avec un rebrousse-poil du fond des tripes. Voilà donc qu'il trouvait devant lui un autre genre de mère Venin. Celle-là grasse et débordante, rotant sa choucroute au muscadet, débraillée des baleines, hideuse. Pour sûr qu'avec un parapluie celle-là aussi aurait cherché à crever les yeux de la Maman !

La mère Germaine supportait mal la haine concentrée du regard. Mal à l'aise, elle paniquait.

— Mais qu'est-ce qui lui prend, à ce petit avorton ?

Alors, Devâme s'était interposé.

— C'est mon petit filleul, M'dame. C'est M'sieur le pasteur qui l'a dit. Faut comprendre qu'il rentre de voir sa mère, qu'elle est chez les folles.

— Ah, bon ?

— C'est ce qu'il m'a dit, Mâme Germaine, intervint Louisette.

La patronne s'était tournée vers elle, redoutable comme fonctionnaire affectée aux testicules du troupier.

— Taisez-vous ! On ne vous demande pas votre avis !

Elle allait du regard, vers le Môme intraitable, vers le pauvre Beurré épileptique. Elle se trouvait un apitoiement majeur de dame patronnesse.

— Je vois que nos pauvres petits se sont enfuis, sans doute d'un hôpital spécialisé, n'est-ce pas ? On ne peut pas les condamner, ils n'ont pas toute leur tête... C'est bien compris, Mesdemoiselles ! Tout comme moi, vous n'avez rien entendu de ces stupidités !

— Oui, Madame Germaine.

— D'ailleurs..., et la patronne s'adressait à la fois aux mômes et aux filles, on va les remettre à la gendarmerie de Châlons. Mais il n'y a eu aucune menace imbécile proférée contre qui que ce soit ! C'est entendu ?

— Oui, sûr, Madame Germaine !

Rassurée, la bonne maman Choucroute se trouvait un rire d'arrière-gorge.

— Je me demande un peu comment ces malheureux petits dingues au crâne ras comptaient pouvoir « descendre » qui que ce soit ! Réponds donc, toi le parrain de cette petite vermine !

Devâme n'était pas sot. Il savait rembiner aux charnières de la vie.

— C'est des mots, M'dame, faut pas faire attention. On voulait se débiner en Australie, mais on s'est trompé de gare.

— Tiens ! Et pourquoi l'Australie ?

— Y a des kangourous qui savent boxer, M'dame. On aurait pu monter un cirque et se faire plein de flouze.

La patronne maquerelle n'était pas forcément mauvaise. Plutôt susceptible, d'avoir eu à subir les crachats de l'excellente société. Elle avait pesé. Se foutait-on de sa trogne, ou bien s'agissait-il réellement de petits cinglés au crâne tout poli pour l'électrochoc ? Elle avait opté pour la seconde hypothèse.

— L'incident est clos !

La nuit tombait rapidement, en cette pénible fin d'hiver. Pour une raison ou pour une autre il n'y avait pas d'ampoule, et donc pas de lumière dans le compartiment. Alors ils s'étaient trouvés dans la pénombre, et puis l'obscurité.

Le grand Aristide avait réussi à se caser près d'Odette. Il tentait un timide pelotage parce que, au fond, il n'avait encore connu aucune fille et se trouvait nigaud.

Elle repoussait la main, d'abord amusée, puis plus sèche :

— Fous-moi la paix, t'es qu'un môme !

— C'est à voir !

Mais la fille n'était pas tellement excitée de jouer à la main chaude. Comme il insistait elle lui avait cogné sur le bras et s'était levée.

— Çui-là, alors, c'est un obsédé !

— Mais c'est seulement copain, Mam'zelle Odette...

— Ça va ! Qu'est-ce que c'est que ces chiards ? Vivement qu'on les refoute derrière leurs barreaux !

Ce n'était pas tous les jours qu'elle pouvait jouer ainsi sa pucelle effarouchée. Mais...

— Ho ! Mais il me cogne dessus ! Enfant de salaud !...

Ping ! Paf ! La bagarre dans le noir, sans qu'on puisse rien voir. Bousculade sur les banquettes. Exclamations. On entendait les chocs sourds dans le buffet, ou la gueule. L'Odette hurlait. Les autres nanas jouaient les chœurs antiques et la mère Germaine gueulait.

— Assez ! J'interdis !

Le grand Aristide n'avait sans doute plus guère de pulsions érotiques, mais les copains savaient que lorsqu'il se mettait à cogner, il pouvait faire du dégât. On l'entendait haleter.

— Qui ça ? Qu'est-ce que tu dis, putain ? Qui ça, les enfants de salauds ?

Il n'avait peut-être pas tout à fait quatorze ans, mais il était bien capable d'attraper la fumelle et de lui serrer le kiki.

Devâme et Beurré s'étaient lancés dans le noir fouillis.

— Arrête, grand con ! Arrête donc !

Des filles aussi fonçaient à la dérouille. On les entendait gueuler.

— Arrête ! Non !... Donne ça ! Pas ton épingle !

On avait dû séparer les combattants et, dans le noir, on devinait qu'on les tenait chacun sur une banquette. Odette poussait une pleurniche suraiguë...

— Laissez-moi !... Veux lui clouer la gueule !

À la lueur d'un briquet allumé par Madame Germaine, on avait pu l'apercevoir toute décoiffée, tenant à la main une longue et terrible épingle à chapeau, de quinze à vingt centimètres.

— Assez !

Et bing ! D'un marron en pleine poire, la patronne avait fait la loi, reprenant l'arme.

— C'est fini, oui ?

Le grand Aristide soufflait, tenu par ses copains. Il avait une estafilade à la joue gauche. Le sang suintait.

Odette semblait avoir pris des pêches sur l'œil et la bouche, peut-être aussi au ventre qu'elle se tenait maintenant des deux mains.

— Il m'a manqué de respect, Mâme Germaine !

Personne n'avait envie de rire. De main en main, le briquet était arrivé au môme qui le tenait pour éclairer le spectacle.

De nouveau, Madame Germaine avait sorti son eau de Cologne, médicament universel. Elle appliquait des cotons sur les commissures et le coin de l'œil de sa protégée.

— Mais c'est qu'il me l'a abîmée, ce petit saligaud ! Et le manque à gagner, donc ! Ça ne va pas se passer comme ça !

À défaut d'eau de Cologne, Louisette mettait du vieux rhum sur la blessure d'Aristide. Mais la patronne était furibarde.

— Nom de dieu, on fusille des gens pour bien moins que ça ! Au fou ! Je veux l'adresse de vos gardiens ! Ils sont responsables !

Elle avait pris Aristide par sa lavallière, vieille châbleuse congestionnée, bousculant la pinte de rhum qui s'était répandue.

— M'en vais faire un procès, tu m'entends ! Je vais le dire, moi, je vais le dire que vous voulez tuer un général ! Odette en a au moins pour huit jours avec son coquard ! Qui c'est qui va payer le manque, hein ? Enfant de satyre !

— Ne réponds pas ! conseillaient les copains.

Et d'ailleurs Aristide semblait se calmer. De se tâter la joue, il remarquait le sang sur sa main.

— Ces morues-là, mon vieux…

— Ta gueule ! Tu la boucles !

— … On croirait-y pas des pucelles, mon vieux…

Madame Germaine revenait sur Odette, exhibant l'épingle à chapeau.

— Pas de ça chez moi, ma petite ! Surtout avec des mômes ! Je suis trop bonne poire, tiens ! On offre la croûte à ces petits dégoûtants et voilà comment on est récompensé ! J'en ai marre et marre ! Foutez-moi le camp, vous autres !

Mais le train roulait, on voyait filer des silhouettes de bosquets dénudés sur la pénombre d'un ciel bas. C'était d'un triste ! Une fille chialait, et puis une autre… En s'approchant de la portière on pouvait voir que d'autres compartiments plus lointains étaient éclairés. Madame Germaine chialotait à son tour.

— Ils l'ont fait exprès, bien sûr ! Pas de lumière, c'est assez bon pour des putes ! J'ai pourtant pris des billets de seconde classe, mes cocottes !

Enfin on s'était arrêté à une station dont on devinait les lumières, au loin. Les mômes étaient descendus sans demander leur reste.

Madame Germaine aussi avait voulu tâter du ballast.

— Ne bougez pas, Mesdemoiselles ! Je m'en vais vous trouver autre chose que ce cercueil ambulant !

Il n'y avait pas de quai, et il fallait sauter d'une bonne hauteur. Aucune difficulté pour les gamins, mais la dame d'un autre âge, gonflée et empêtrée, devait déclarer forfait, ne pouvant risquer imprudemment un quelconque col de fémur. Elle pestait.

— Les sales vaches, ils l'ont fait exprès !

Aristide était le contraire d'un mauvais gars, bon cœur et sans rancune. Il avait tendu le bras.

— Appuyez-vous, M'dame !

Mais si elle laissait aller son poids, c'était sûrement la déboulade au fossé. Devâme l'avait compris.

— Vous pourrez pas, M'dame ! Essayez pas !

C'était l'évidence. Même les filles plus jeunes hésitaient à se lancer, avec leur longue robe de voyage à valseur rapporté.

— C'est une honte ! On ne peut même pas descendre pour satisfaire des besoins naturels ! Bien la peine d'avoir gagné la guerre !... Garçons, tâchez moyen de nous trouver une échelle, ou un escabeau.

Comme des phalènes à la lumière les mômes s'étaient dirigés vers le grand wagon de première, brillamment éclairé dans la nuit. Ça, ce n'était plus du matériel d'avant 70, mais une chouette voiture avec entrées en bout, et long couloir. Dedans, il y avait des militaires. Mais pas n'importe qui ! On pouvait distinguer les kébours galonnés dans les porte-bagages. Wagon réservé aux officiers vainqueurs, autrement confort que les corbillards de la troupe, des putes, ou du péquin tout venant qui n'avaient droit ni au chauffage ni à la lumière.

Plus loin, la gare avait dû être bombardée au 420 long du père Krupp. Il ne restait plus que de hâtifs baraquements et des ampoules brinquebalantes sous la pluie.

Pas de quai, là non plus, mais les cheminots avaient prévu un escabeau, pour la fine fleur de la Nation. Il était là, inutile, puisque ces gens de luxe avaient le tout-confort à domicile. Mais sans doute était-ce une fleur complémentaire, réservée par circulaire du Haut Commandement à ces culs superbes ?

Le marchepied était plutôt improvisé, et notamment se déplaçait sur des roulettes. Sans trop se concerter, les mômes avaient empoigné l'objet encombrant. La mère Germaine était peut-être gueularde, et la pute Odette jouait sans doute de l'épingle à chapeau, mais enfin on leur devait une choucroute.

— Non mais, dites donc, là !

C'était un mec en chandail, à bottes miroitantes, qui protestait d'en haut. Même s'il ne se servait pas du marchepied, il entendait faire valoir ses droits !

— M'sieur, c'est pour des dames qui veulent faire pipi !

— Quoi ? Qui êtes-vous ! Approchez !

Le Môme était monté, on ne pouvait mieux choisir. Mais l'autre gueulait toujours.

— Où est la garde, vain dieu de merde ! N'importe qui va venir dégueulasser nos chiottes !

On le sentait tout prêt à repartir en guerre, mais il avait tout de même baissé d'un ton en voyant le mignard.

— Eh bien, morveux, qu'est-ce que c'est ?

Il avait l'air un peu bourré, suintant l'alcool, vrai gueulard mais pas mauvais cheval. Le gosse n'avait pas peur.

— M'sieur, c'est des dames qui veulent faire pipi et qui peuvent pas.

— Je ne suis pas médecin, mon petit gars !

— Non, M'sieur, mais elles peuvent pas sauter, c'est trop haut.

Le bonhomme s'était penché, avait constaté qu'à part son wagon tout le train était dans le noir.

— Qu'est-ce que c'est ? Ils occultent les calebombes ? Faudrait leur dire que la guerre est finie !

Il avait tiqué sur la tenue noire du Môme, et celle des trois autres qu'il pouvait voir en bas.

— Z'êtes déguisés en quoi ?

— Orphelins de guerre, M'sieur.

C'était comme un titre devant lequel il était convenable de paraître compatir. Il n'avait pas loupé, hochant la tête, parlant de « cette putain de guerre » !

— Et ce sont les dames qui vous accompagnent, qui ne peuvent pas... ?

— Elles ne peuvent pas sauter, M'sieur. Ça les arrangerait, si vous vouliez prêter votre escabeau.

— Ça peut se faire, mon garçon. Entre Français...

Mais comme un troufion revenait, calot rabattu et capote sur les épaules, il lui avait servi la gueulante d'autorité.

— Brodard, vous savez ce que c'est qu'un abandon de poste ? Il y a seulement trois mois, vous étiez bon pour le poteau !

L'autre tentait de se défendre. Il l'appelait son capitaine, il disait qu'il avait été s'en « jeter un » à la cantine de la gare…

— Veux pas le savoir ! Taisez-vous ! Restez où vous êtes !

Et, trois octaves plus bas, souriant et homme du monde, le capitaine revenait au petit gars.

— Voyons, comment m'as-tu dit qu'étaient ces dames qui ne peuvent pas sauter ? Jeunes ? Moins jeunes ?

Le petit pouvait difficilement dire où commençait la moins jeunesse. Le capitaine s'était alors décidé.

— Allons voir ça !

Il était descendu. Et comme le crachin mouillait son beau chandail sans doute tricoté par une marraine de guerre, et de luxe, il avait empoigné la capote du troufion.

— Donnez-moi ça, Brodard ! Et occupez-vous du marchepied ! En avant, vent !

D'abord tout fringant, il avait tout de même ralenti dans la gadoue, au point d'être gagné par l'odeur d'urine de ces gens qui, à toutes les portières ouvertes, avaient pissé d'en haut, ces dames cul à l'air, dans un débraillé gueulard.

Il soufflait : « Merde, les sagouins !… » Sans doute, embusqué d'active, n'avait-il jamais connu la pouillasserie des tranchées.

— C'est là, M'sieur ! avait renseigné le Môme.

Un peu en retrait, le trouffignard dépiauté radinait avec le marchepied, également poussé par les autres.

Ces dames avaient vu arriver les mômes et l'objet.

— Regardez donc comme ils sont mignons, ces trésors !

Elles avaient repéré ce mec en lourde capote qui, en bas, faisait des ronds de jambe.

— Mesdames, la vieille galanterie française...

Il avait dit son nom, quelconque capitaine Machin, que personne n'avait enregistré, sauf la mère Germaine qui l'appelait déjà par son grade, avec des accents « vieille France » reconstitués.

— Capitaine, il ne fallait pas vous donner cette peine. Nous sommes confuses, ces demoiselles et moi-même...

— Mais c'est moi, Madame, qui... Je vous en prie, chère Mademoiselle !

Car déjà Maria descendait, chapeau en bataille, jupe mondainement retroussée, toute pétouillante de rires et petits cris... Le capitaine l'avait reçue dans ses bras, à la dernière marche. Qu'était donc ce genre de pensionnat ?

— Orphelines de guerre, sans doute ?

— Pas exactement, capitaine... Vous pouvez y aller, Mâme Germaine, ça tient le coup !

Et Madame Germaine avait pu se pointer, avec la majesté d'une descente d'escalier de music-hall.

Aux compartiments proches on entendait des réflexions dépitées.

— C'est les putes ! Celles-là, mon 'ieux, c'est les reines de la démerde !

Le capitaine Machin n'était pas sourd. Un peu microcéphale comme tout mirliflore conséquent, mais pas puritain constipé… Une bordée de filles ? Ça valait mieux que d'horribles dames patronnesses.

— Mesdames, pas de commodités, pas de lumière, je ne puis tolérer !

— La plus humble loupiote nous suffirait, capitaine ! minaudait Madame Germaine.

— Loupiote, Madame ?… Et le pitaine le prenait de haut… Madame, Mesdemoiselles, je m'emploie à vous faire avoir un compartiment digne de vos charmes ! Veuillez me suivre, je vous prie !

Et déjà il les entraînait vers le grand wagon éclairé, après avoir ordonné au sans-grade :

— Brodard, occupez-vous des bagages !

On avait oublié les petits orphelins. Et d'abord ils s'étaient dit chouette, voilà un compartiment pour nous quatre !… Mais pour aller où ? Ils ne savaient même pas où ils étaient, et probable qu'un nom de patelin ne leur aurait pas dit grand-chose.

Peut-être que ces dames avaient des malles dans le fourgon. Là, dans les filets, elles n'avaient laissé que deux ou trois sacs.

Le troupier trempé râlait, réclamait de l'aide. Pas question de laisser un marchepied de première devant les classes inférieures ! Alors les mômes lui avaient d'abord passé les sacs, et puis ils s'étaient attelés aux quatre marches dans la gadoue.

Le soldat Brodard commentait.

— Elles sont montées. Ils vont se les envoyer ! Eh, les petits gars, y a pas de raison que vous restiez dans le noir. Amenez-vous !

Ainsi ils passaient de troisième en seconde, et de seconde en première. Une véritable ascension sociale ! Et toujours sans savoir où ils allaient.

Le gars Beurré avait montré discrètement aux copains un objet sous sa blouse. C'était la longue épingle à chapeau de la môme Odette, piquée dans un bouchon. Était-ce une arme suffisante pour rétamer le Boucher des Hurlus ?

— Je te jure... On lui pique ça derrière une esgourde ! Moi, j'ai vu ça quand ils m'ont examiné. Comme une bestiole, mon vieux, ils appuyaient du doigt... « Ça te fait mal ?... » Oui, bon Dieu, ça faisait mal ! Moi, je dis que ça touche directement le cerveau !

Ils avaient tous rapidement essayé de s'appuyer un doigt derrière l'oreille. C'était loin de faire l'unanimité.

En bas du grand wagon éclairé ils se sentaient un peu écrasés par le luxe. Ces dames étaient déjà montées, sans doute poussées aux fesses par l'obligeant pitaine.

Ils avaient fini par grimper.

Quand le train avait recommencé à rouler, ils s'étaient faits tout petits dans le sas de sortie. Ils étaient dans un sale courant d'air, mais du moins ils avaient la lumière. Ils se regardaient, accroupis sur leurs galoches. Rien à se dire, lancés vers l'inconnu. Aristide tamponnait le petit mouchoir à dentelles d'une de ces dames sur son écorchure. Finalement, ça n'avait rien de bien grave.

Était-ce bien Châlons-sur-Marne, où ils étaient arrivés ? C'était en tout cas une petite ville maigrement éclairée et tristouillarde dans ses demi-ruines sous le crachin.

Ils avaient eu droit aux brefs adieux de Madame Germaine et sa troupe. Louisette avait même embrassé son petit Chouquinet.

— C'est le pitaine Machin qui va s'occuper de vous. Vous allez coucher ici, et puis rentrer à Paris. Tu sais ce qu'on dit pour souhaiter bonne chance ?

Elles étaient parties en car. Il ne les avait jamais revues.

Eux, les mômes, on les avait dirigés vers un camp de baraques Vilgrain, en bois et carton bitumé. Prisonniers ? Non, il n'y avait pas de garde à l'entrée et pas de barbelés. Juste une baraque marquée « Administration », où ils avaient dû décliner nom, âge, adresse à Courbevoie.

C'était le soldat Brodard qui les avait menés là, avec une recommandation écrite pour la dame en voile bleu.

Ce camp de transit sentait la soupe populaire, avec une cinquantaine de personnes, les hommes d'un côté, les femmes de l'autre, surtout des vieilles gens qui bavassaient beaucoup. Durant quelques dizaines de secondes on avait observé ces quatre moutards au crâne ras, posé quelques vagues questions… D'où venaient-ils ? Où allaient-ils ?… Ça s'arrêtait là.

Il y avait de vraies assiettes creuses avec un potage gras qui emportait les amygdales avec son trop-plein de poivre. La ration de pain avait des taches de moisi, mais dans l'ensemble c'était autrement nourrissant que la pisse d'âne d'orphelinat.

À la baraque-dortoir on leur avait installé des lits de camp sans drap, mais avec chacun une couverture kaki. Les petits vieux voisins les avaient prévenus : le froid venait par en dessous et il y avait la manière de s'enrouler complètement, avec les vêtements mouillés par-dessus. Là encore, le fait d'être des orphelins de guerre leur valait la considération de ce petit monde de paumés, réfugiés ou autres, dont ils n'avaient jamais rien su de plus.

La journée avait été rude, et le Môme avait plongé dans le profond sommeil comme un arbre abattu. C'était dans sa nature, il lui suffisait de s'étendre.

Lorsqu'on l'avait secoué pour le réveiller, c'était le matin, mais il n'en savait rien. Il faisait encore nuit. Une dame braquait sur lui une lampe électrique et répétait :

— Debout, jeune homme ! Debout !

À côté, Devâme, Aristide et Beurré grognaient en commençant à s'habiller.

— Quelle heure qu'il est ?

— Six heures, jeunes gens… Dépêchez-vous !

— On nous remet dans le dur ?

— Vous allez prendre le petit déjeuner. Ne faites pas de bruit.

Sans doute les réfugiés avaient droit à une heure ou deux de plus à grelotter. On les voyait à peine, car la dame en voile n'avait pas éclairé la baraque.

Toilette rudimentaire. Ils se trouvaient tous quatre des mines de décavés. Le gars Beurré prétendait qu'il n'avait pas dormi une seule minute.

— Y a des rats, les mecs ! Ils ont les yeux rouges. Ils se baladent sur nous toute la nuit !

Était-ce vrai ? Avec lui on ne pouvait jamais savoir.

Ils avaient eu droit à un jus au lait et du pain frais. La dame qui s'occupait d'eux avait un peu l'air de la maman Panier, avec un voile bleu en plus. Elle avait repéré l'estafilade sur la joue d'Aristide et y avait collé de la teinture d'iode. Avec son crâne passé au jaune et la balafre maintenant sous sparadrap il avait quasiment l'air d'un ancien combattant.

— On nous renvoie à Paris ? s'inquiétait le Môme. Et la cérémonie, M'dame ?

— Quelle cérémonie ? Je ne suis pas au courant, mon petit. Je sais seulement qu'on va passer vous prendre à sept heures.

En attendant, c'était toujours la nuit d'hiver. Dans le bureau d'administration un poêle était allumé. Ils s'étaient approchés à en cramer tout vifs car ils sentaient encore sur eux l'humidité de la blouse et du pantalon. Ainsi donc ils l'avaient eue, leur Belle, leur Aventure, et voilà ce que ça donnait ! Pas de quoi se gonfler !

— Y en a, là-bas, qui se marreraient drôlement s'ils pouvaient nous voir !

La dame était sortie un instant, ils pouvaient parler. Aux planches du baraquement était punaisée une carte, ou plutôt un ensemble de cartes dites d'état-major. Le petit Lhozier avait été y jeter un œil. Ça se trouvait ainsi, il n'était pas plus costaud que les autres mais il avait dormi comme plomb, là où ils cafouillaient dans des flopées de réveils. Il était tout neuf.

Il savait lire une carte. Il y trouvait la Marne, et Châlons tout en bas. Et plus haut il voyait des grandes zones hachurées en rouge, avec des noms de patelins inconnus, dont certains étaient carrément rayés d'une croix.

— Eh, les gars !... Les régions dévastées ! Venez voir un peu !

Mais les copains râlaient, sans bouger.

— Çui-là, alors ! Régions dévastées... Ta gueule !

— Mais c'est là, venez voir ! C'est marqué !

— Et alors ?

— Comment ça, alors... ? On va pas foutre le camp au moment qu'on arrive sur le tas !

Les deux grands trouvaient que ça ne valait même pas de répondre. Ils s'étaient adressés à Devâme.

— C'est ton filleul. Cause-lui un peu !

Mais le Môme avait poussé un vrai cri.

— Les Hurlus !… Oh, les mecs, c'est là ! Venez voir !

On les aurait beaucoup étonnés en leur disant que depuis le départ ils suivaient exactement la trace du négligeable Môme. Chacun son caractère, ils étaient de braves petits cons ressentant la mort du père ou du grand frère avec un vrai chagrin, mais sans avoir jamais éprouvé réellement le besoin d'un règlement de comptes. Le Môme, si ! Et c'était là toute sa puissance. Jusqu'à les obliger à se lever, à venir voir ces fameux Hurlus qui, pour eux, n'avaient pas de signification personnelle bien profonde.

Ils regardaient la carte. Et le Môme leur montrait dans une zone hachurée le nom des Hurlus, rayé… Perthes-les-Hurlus, rayé… Mesnil-les-Hurlus, rayé…

Il trépignait du doigt sur la carte.

— C'est là, les gars ! C'est là ! On arrive !

Il rayonnait comme un messie. Il fallait bien le ramener au sens des réalités. Le raisonnable parrain avait pris mesure avec un doigt, l'avait porté à l'échelle.

— Te rends-tu compte, Môme, qu'il y a au moins vingt kilocroques ! Et pas de route ! Rien que de la gadoue, avec des mines qui nous sautent aux fesses !

Oh, quel malheur d'être raisonnable !

Sur un autre côté de la pièce, mais tenu dans la pénombre, il y avait un portrait-affiche de militaire, punaisé aux planches. C'était surtout un poitrail à médoches. Il semblait avoir gagné toutes les primes avec ses petits rubans. À voir le kébour à feuilles de chêne, on devinait un général. La gueule maigre était celle d'un hépatique aussi prétentieux et équestre qu'un champignon petit-gris. Sûr qu'il avait poussé dans la crotte !

Le papelard était corné, replié par le bas. Mais en le tirant à plat, le Môme avait pu lire le nom. Il en avait ressenti comme un coup de sabre qui lui fendait les tripes.

— Oh, les mecs ! Venez voir ça !

Il avait devant lui le général Des Gringues en (presque) personne !

Ainsi c'était donc ça, cette gueule de vache, ce Boucher des Hurlus ! Et comme un candidat à quelque élection super, il répandait généreusement sa gueule dans les popotes et toutes les dépendances à teinte charitable ! Non seulement Sanguin d'abattoir, mais Faux cul de sacristie, l'un allant rarement sans l'autre !

— Culot, l'ordure !

— On va pas laisser ça là !

Le grand Aristide empoignait déjà le bas de l'affiche pour la déchirer. Le Môme l'avait arrêté d'un cri. Et, de fait, ça paraissait bien maigre et inopérant. Tant qu'on l'avait là, « en l'air en l'air et bien à plat ! », il convenait plutôt de lui cracher bravement à la gueule !

— Non !

C'était toujours le Môme, incompréhensible et paraissant hors de lui. Les autres le regardaient, intrigués, allait-il devenir le défenseur du Des Gringues honni ?

Le petit respirait court, yeux grands ouverts, narines palpitantes. Il s'était tourné vers Rousseau.

— Faut le tuer !... L'épingle, s'il te plaît !

— Quoi ?

Mais le gars Rousseau avait compris. De sous sa blouse il avait sorti la longue épingle à chapeau de la pute Odette. Il semblait savoir où le Môme voulait en venir.

— Toi, alors... !

Le petit avait pris l'arme vacharde, l'avait dégagée de son bouchon. Il s'était approché de l'affiche, avait tâté à hauteur des médailles.

— Vous êtes avec moi, les gars. Faut dire : Crève ! Crève !

Il avait tenté de piquer l'épingle de vingt centimètres mais le bois résistait, sous le papier. De nouveau il avait piqué, un peu plus haut dans les médailles et plus près des boutonnières...

La baraque Vilgrain était faite de planches verticales à l'intérieur et de planches posées à clins, à l'extérieur. Entre les deux il devait y avoir une quelconque matière isolante. Et voilà que l'épingle avait sans doute trouvé un joint. Elle s'enfonçait jusqu'à la garde, jusqu'à la perle rouge qui formait maintenant comme une énorme goutte de sang à hauteur des médailles.

— Crève ! Crève ! psalmodiait le Môme en continuant d'appuyer sur l'épingle.

— Crève ! Crève ! avaient répété les enfants de chœur avec un parfait ensemble.

— Crève donc, sale ordure !

— Crève, Crève, vieux sagouin !

— À bas l'Armée salope ! Chantez, les gars, chantez !... « ... C'est depuis ce temps, que je garde au cœur... »

— ... « ... Une plaie ouvè-è-rte... »

Ils étaient, il faut dire, impressionnés. Quoique le raisonnable Devâme émette un doute.

— Ça sert à quoi, dis ? Il s'en va pas crônir à cause d'un bout de fer dans du papier ?

— Faut y croire ! avait simplement dit l'officiant.

Le pratique Rousseau aurait voulu récupérer son trésor, mais le Môme s'y était opposé.

— Faut que ça reste !

— Qui c'est qui t'apprend des trucs comme ça ?

— Personne !

— Et tu crois vraiment que ça va lui faire du mal ?

— En tout cas, ça lui fera pas de bien ! Et moi je dis que, vingt kilocroques ou pas, on doit aller aux Hurlus, tant qu'on est là !

— Tais-toi ! T'es qu'un Môme et tu me fais paumer mon épingle à chapeau !

La dame en voile bleu était revenue. On ne pouvait plus rien dire, mais le Môme ne paraissait pas convaincu. Il avait son drôle d'air, comme à la gare de l'Est quand il s'était cavalé sur un signe adieu et qu'on lui avait crié : « Crève, donc ! »

Ils s'étaient souvenus du corps que les brancardiers emportaient à travers le hall. Ils avaient demandé à la dame s'il y avait des cas de grippe espagnole à Châlons.

— Hélas, oui ! Vous ne vous sentez pas bien, les enfants ?

— Oh, nous, ça va ! avait répliqué le grand Aristide en montrant son crâne jaune. Avec ça, on est comme vaccinés !

Lorsque le car s'était arrêté juste à l'entrée du camp, la dame avait mis le nez dehors. C'était toujours l'interminable nuit d'hiver et on voyait les gouttelettes tomber dans la lueur des phares.

— C'est pour vous, les enfants !

Bon, on les ramenait à la gare, ou peut-être rentraient-ils en car sur Paris ? Ils étaient là comme pacsons à embarquer, frileux et maussades.

Et qui y avait-il, en haut des marches du car boueux ? Le capitaine Machin en personne, qui faisait signe du bras…

— Grouille, grouille !

Louisette l'avait bien dit, la veille : le pitaine les prenait en main. Bon prince, en effet, il leur tendait la pogne pour les aider à grimper.

Il n'était pas seul. En plus du conducteur en calot il y avait bien une quinzaine de jeunes mecs sanglés, képi ou non sur le crâne. À première vue aspirants ou sous-lieutenants, disciplinés comme s'ils sortaient d'une école militaire.

Le pitaine Machin semblait avoir la haute main sur toute la bande.

— Voilà nos petits phénomènes ! Asseyez-vous au fond, les enfants ! Vous vouliez voir les champs de bataille où sont bravement tombés vos pères ? Eh bien, on y va !

Ça, c'était probablement un coup de la mère Germaine, peut-être un peu piquée des hannetons tricolores mais brave bougresse. Nom d'un pétard, il avait dû y avoir quelques échanges de services, dans le wagon de première ! Et on pouvait imaginer que les petits sous-miteux maintenant flagadas s'en étaient donné à choses rabattues ! D'ailleurs ils roupillaient dignement, ceinturon dégagé, étui à revolver pendouillant, paraissant se foutre éperdument des orphelins et des pages de gloire.

À l'arrière du car, bondissant à chaque cahot, les mômes n'en revenaient pas. Visiter les champs de bataille, ça c'était du tourisme !

La route était défoncée, après quatre ans de passages de batteries lourdes et de tanks, à tel point qu'on ne pouvait pas même parler. Bientôt les sous-miteux réveillés se tenaient aux barres des sièges. Dehors la sale aube montait lentement au loin par tribord, laissant voir des bouquets d'arbres déchiquetés, quelques ruines, et d'autres baraques de camps, ceux-là militaires.

La guerre était finie, mais on entrait cependant en zone interdite. Et par deux fois le car avait été arrêté par des chicanes en travers, et un sous-off qui éclairait l'ordre de mission dressé contre le pare-brise. Ça commençait à devenir impressionnant. Depuis plusieurs mois déjà on avait signé l'Armistice, mais le terrain semblait appartenir aux forces armées, pour l'éternité.

Le jour demeurait blême comme mamelon de nana, perdu dans la brouillasse. On pouvait apercevoir des canons disloqués et quelques restes de ces fameux boyaux et tranchées où, comme disait le haut bourrage de crânes, nos braves Poilus démerdards se trouvaient comme des rois dans des palaces. Maintenant, le ton avait changé. On disait : « Ils ont des droits sur nous ! », histoire de les empaqueter par urnes interposées.

Les mômes regardaient. Ainsi, c'était ça les régions dévastées !

Ils n'avaient encore rien vu.

Lorsque le car s'était définitivement arrêté, le pitaine avait conseillé à ses sous-miteux de laisser leur artillerie sur les sièges.

— Chacun fait comme il veut, mais nous n'allons pas à la chasse aux fantômes !

Lui-même n'avait pas d'arme et jouait la décontraction. Mais il y avait bien eu deux ou trois de ces petits empafés réglos à désirer garder le pétard à la ceinture.

Tout le monde descendu, ils avaient d'abord été gagnés par les cris des corbeaux dans le coton du brouillard. Par terre, c'était mi-glaise, mi-caillebotis et les belles bottes du pitaine Machin et des sous-miteux en avaient pris un vieux coup.

Les galoches des mômes également, ainsi que les bas de pantalon. Par bonheur le crachin semblait avoir cessé, mais on n'y voyait plus guère à trente pas.

C'était le conducteur du car qui avait pris l'affaire en main. Il avait dit quelques mots au pitaine et celui-ci avait donné de la voix.

— Messieurs, et vous les mômes, nous suivons en colonne par un, file indienne. Aucun écart n'est toléré ! Impératif ! Il y a partout des mines, des grenades, des obus non éclatés. Vu ?

— Oui, mon capitaine !

Même les voix semblaient être absorbées par cet état semi-liquide, semi-gazeux qui couvrait le camp de bataille. Et lentement, insidieusement, l'odeur atroce se précisait.

Les mômes étaient cependant habitués à l'horrible renifle des tinettes de l'orphelinat, mais là il y avait encore autre chose. La merde, oui, mais aussi la pourriture des tripes accumulées ou répandues, où picoraient encore les oiseaux noirs dans le vague redoux qui suivait les grands gels.

— C'est les Hurlus, M'sieur ?

Le capitaine s'était tourné vers le Môme, juste derrière lui.

— On y est, mon petit !

On entendait assez loin un jappement, suivi d'un long hurlement. Et puis sur tout le champ de bataille jusqu'à l'Argonne lointaine, c'était bientôt comme mille échos hurlés, là où des dizaines de milliers de victimes avaient été abattues, maintenant bouffées par ces chiens perdus et ces loups errants qu'on disait survenus des forêts germaniques.

La guerre était finie. Mais là, durant des mois, des années, après chaque attaque imbécile et meurtrière ordonnée de loin par le Boucher des Hurlus, on avait pu entendre hurler, non pas les loups, mais les hommes dans leur agonie entre les lignes, d'où personne ne pouvait les relever.

Le guide, avec les simples galons de crabe, donnait les dates d'attaques, de contre-attaques, de contre-contre-attaques, à l'infini. Une sente était tracée, qu'il fallait suivre sans s'en écarter. À certains endroits on avait planté des suites de piquets qui tenaient une corde blanche. Il y avait aussi des ponts de planches, pour franchir des tranchées répugnantes de glaise et de vieilles feuillées.

L'une de ces tranchées paraissait avoir été réaménagée pour la visite des correspondants d'après guerre. Le capitaine expliquait à ses sous-miteux, selon le Manuel du parfait petit sapeur…

— Vous reconnaissez la banquette de tir, le parapet, l'échelle d'assaut par laquelle nos braves Poilus s'élançaient à l'attaque… Cisailles pour trancher les barbelés… Trente ou quarante mètres à découvert, tandis que nos bons crapouillots matraquaient la tranchée ennemie où, parfois, ne restait plus âme qui vive…

Comme ça paraissait simple et facile, la guerre après coup !

— Mon capitaine, les hommes ne renâclaient jamais ?

— Allons donc ! Un bon coup de gnôle, mon cher, et vous donnez des couilles à une vieille bique !

Rires serviles des petits cadres de l'Armée future. Mais cela n'avait pas la moindre importance puisque, c'était dit et répété, il n'y aurait plus jamais de guerre, celle-là étant la Der des ders ! Comme si l'on pouvait espérer ne plus revoir d'horreurs tant qu'on fabriquait des horribles qui y faisaient carrière pour des raisons futiles.

Pas le moindre cadavre. Il semblait qu'on avait fait le nettoyage pour offrir des Hurlus un visage propret.

La Mort était plus loin, et le cabot-guide avait prévenu.

— Je ne sais pas si les gamins… ?

Mais les gamins se souvenaient parfaitement de ce qu'on leur avait dit. Il n'y avait pas de tombes, il y avait des tas !

Et voilà qu'ils arrivaient près d'un tas. C'était un monceau d'ossements, de deux ou trois fois hauteur d'homme, en pyramide de déjection. On reconnaissait des côtes, des bassins, rien qui se tenait, tout mêlé. Bizarrement peu de crânes, comme si ceux-ci avaient roulé en-dessous, dans l'atroce boulot des éboueurs des Hurlus.

Personne ne pipait. Le guide disait qu'il y avait une dizaine de types du ramassage qui avaient sauté.

— Mais ne pourrait-on foutre des prisonniers boches, à ce sale boulot ? s'étonnait le pitaine.

— C'est ce qu'on fait, mon capitaine. Ça change quoi ?

Petite gêne. Le capitaine avait demandé s'il y avait d'autres tas... Oui, il y en avait bien d'autres. Mais un petit sous-miteux déclarait forfait.

— Je crois qu'on en a assez vu, mon capitaine. C'est abominable !

Le Môme regardait, détaillait. Les ossements semblaient délavés et nus, sans chairs, sans traces de vêtements et, bien entendu, sans armes.

Il ne voyait pas du tout les choses comme ça, au départ, et il était plutôt déçu. Le maître d'école leur avait parlé d'une certaine tranchée, il ne savait plus où, dont on ne voyait plus surgir que les baïonnettes des combattants enterrés vifs.

Mais là, aux Hurlus en cours de nettoyage, il n'y avait rien à faucher.

Les copains aussi faisaient la gueule, mais dans l'ensemble ils se tenaient beaucoup mieux que les sous-miteux sensibles dont certains se retournaient pour vomir.

— C'est Perthes-les-Hurlus, M'sieur ?

Le capitaine ne savait pas exactement, dans ce chaos d'enfer. Le cabot-guide, si. Perthes, c'était tout de suite là sur la gauche, mais il ne restait pas pierre sur pierre.

— Tu crois que c'est là que ton papa est tombé ?

— Il a été assassiné, M'sieur !

Dans le contexte, même le pitaine Machin avait l'air de trouver la réflexion naturelle. Il avait eu un grand geste théâtre vers le tas, et plus loin sur l'infini du brouillard.

— Des millions de braves gars sont morts pour que vous puissiez ne plus jamais revoir ça, les enfants ! Allons-y, Messieurs, on a tout vu ! Vous n'oublierez jamais, n'est-ce pas, l'immense sacrifice de vos aînés qui ont sû arrêter de leur poitrine la ruée des hordes barbares venues de l'Est ! Vous avez le privilège de choisir le métier des armes, le plus noble entre tous, qui comporte des droits, mais surtout des devoirs...

Ça semblait pas vrai, mais pourtant oui, c'était bien un sermon débile que proférait le pitaine ! Il parlait de gloire immortelle, de souvenir ému, de recueillement. Et ils étaient tous au garde-à-vous, les ceux du métier, la main portée au képi, le regard fixé sur l'horrible tas, où peut-être gisaient également les ossements dispersés du Papa anar... Au môme, ça paraissait sombre comédie et il pensait : « Qu'i' sont cons ! »

Des corbeaux dérangés volaient plus haut en larges cercles, semblant attendre la fin de la cérémonie en croassant d'impatience animale, vrais curetons curant et suçant la moelle humaine...

— Et que va-t-on faire de ces reliques ? avait demandé un sous-miteux ému.

Le capitaine Machin n'en savait rien. Peut-être la poudre d'ossements concassés serait-elle répandue sur la maigre terre de Champagne, mitonnant de nouveaux cépages pétillants pour bals et cotillons ?

Non. Il était question, disait le guide, d'une immense poubelle où l'on rassemblerait tous ces fémurs, crânes, côtes et clavicules réunis pour l'éternité, avec un colosse bâtiment en béton : « Honneur-Patrie »…

— … Et autres inscriptions pour que les gens n'y comprennent plus que dalle. Que peut-on faire de mieux, mon capitaine, quand c'est maintenant tout mélangé, amis et ennemis, officiers et soldats…

Gueule du pitaine ! D'un rien il aurait demandé si l'on ne pouvait tout de même pas faire un tri.

Morne retour. Pas un instant, devant ces futures élites de l'Armée de demain, il n'avait été question de massacre inutile et de Boucher des Hurlus. Et peut-être même que s'il y avait été fait allusion ils auraient trouvé cela d'un triste et mauvais esprit. Ils étaient ainsi fabriqués, on ne pouvait leur en vouloir, tout « verlans » de langage et pensée, parlant de Sublime Sacrifice et de Gloire immortelle là où il n'y avait que honteux charcutage, à trente obus par décimètre carré sur l'immense hachoir des Hurlus.

Il y avait un crime colosse, et l'Assassin restait non seulement impuni, mais honoré, adulé, admiré, par tous ces gens qui pensaient et parlaient à l'envers. C'est ce que ressentait profondément le Môme de huit ans et demi, en avance pour son âge, mais toujours dans sa pureté d'enfance. Ce grand Assassin mondialement reconnu comme tel, mais qu'on ne pouvait juger parce que haut militaire du camp des vainqueurs, il fallait le descendre !

Mais avec quoi ? Ils étaient venus, ils avaient vu les tas d'ossements délavés, mais pas trace d'une arme. Sauf peut-être dans les étuis de deux ou trois de ces petits péteux galonnés qui parfois glissaient sur la gadoue, et pourraient désormais parler de la boue des tranchées qu'ils connaissaient si bien. Mais pouvait-on décemment espérer que l'un de ces braves prenne un vrai gadin, avec ouverture de l'étui de cuir, et l'arme glissant dans la glaise ?

Le petit s'aiguisait la tendre volonté… « Ramasse-toi ! Casse-toi la gueule ! »… Mais personne ne se la cassait vraiment, comme un numéro de clowns qui fait un sinistre bide dans le trop-vu des semelles à bascule.

Ils avaient retrouvé le car. Maintenant on voyait davantage le jour avec quelques petites éclaircies. Du moins ne pleuvait-il pas. Mais à l'arrière du véhicule cahotant les mômes tentaient de dégager la boue jaunâtre de leurs galoches et bas de pantalon.

Où allait-on, maintenant ? Voir d'autres tas, en d'autres endroits ? Ils n'avaient pas droit à la parole et restaient cois. Les petits offs, par contre, étaient pleinement éveillés et échangeaient des propos, à défaut d'autre chose.

À côté du Môme, le parrain Devâme paraissait souffrir, les deux mains sur le ventre. Colique ?… Pas exactement. Comme, visiblement, on entrait dans Châlons, repassant près du camp de transit et filant vers la gare, il avait paru soulagé.

— On reprend le dur, petit mec !

Le Môme était bien triste. Fallait-il tirer un trait sur l'exécution capitale du Boucher des Hurlus ? C'était malheureusement probable. Il faudrait encore bien du temps pour accomplir le fin boulot... Quel dommage ! Si jamais, l'âge aidant, il devenait aussi tristement conditionné que toutes ces grandes personnes, il en arriverait également à voir et complimenter l'Armée française avec les petits drapeaux du 14 Juillet ! Quelle dégringolade !

Le car s'était arrêté devant la gare.

— Terminus, les enfants ! avait invité le capitaine Machin. Vous reprenez le train pour Paris. Et tâchez de ne plus vous conduire en petits vagabonds !

Les militaires restaient dans le car. Sans doute y avait-il d'autres joyeusetés au programme... Les mômes étaient descendus avec le bon pitaine qui avait arrangé les choses avec le chef de gare.

Un train était en partance. Celui-là très court, juste deux wagons de troisième derrière la loco.

Le Môme observait son parrain avec inquiétude. Le gars Devâme était verdâtre, il tremblait, il n'avait pas de voix et se tenait toujours le ventre. Y avait-il une grippe espagnole intestinale ?

— T'as envie ?

— Envie de foutre le camp, oui !

Et, sans un mot de trop, Devâme avait pris la main de son filleul, l'avait collée sur sa blouse noire, à l'endroit où il se tenait le ventre.

Il ne pouvait y avoir aucun doute. Le Môme avait émis un petit souffle d'étonnement rentré, comme pucelle devant miracle du Bon Dieu… Là, sous les doigts, il sentait une grosse crosse striée de revolver dont le canon devait être enfilé dans le pantalon du parrain…

— Où est-ce que… ?

— Tais ta petite gueule, Môme !

Il n'y avait en effet rien à demander de mieux. Aux Hurlus, Deveau était remonté l'un des premiers dans le car. Peut-être préparait-il son coup durant toute la macabre visite ? Il avait repéré les étuis sur les sièges. Il avait ouvert l'un d'eux, en faisant mine de se tromper de rangée… Enfin bref, au-delà des sermons sur les fémurs, il avait bien subtilisé un pistolet qu'il tenait maintenant contre ses testicules de mignard… Tout changeait, comme dans une musique céleste ! On allait pouvoir se faire le Boucher des Hurlus !

Il y avait beaucoup moins de monde, en direction de Paris. Ils avaient pu trouver un compartiment vide et s'y boucler, comme le train démarrait.

Alors Devâme avait sorti l'objet, à la fois noiraud et luisant d'acier. C'était un gros revolver à barillet, avec des chiffres d'identification et un poinçon embouti de manufacture.

On pouvait voir le cul des balles ; il était chargé. Et les mômes s'extasiaient.

— Fais voir !… Donne ça !…

Non, le parrain Deveau gardait l'arme à la main. Aucun doute, c'était à lui seul !

Ça n'avait pas l'air d'être un simple joujou de parade. Il n'y avait qu'à voir la gueule noire et le calibre des balles, c'était vraiment l'arme de guerre, patriotiquement fabriquée pour descendre un quelconque prochain.

Aristide et Beurré faisaient des gueules jaunes de briseurs de grève.

— Peuh ! Ça marche pas, ton truc !

Mais, comme Devâme les visait en faisant pan ! pan ! de la bouche, ils tournaient au repli prudent.

— Pas de connerie, arrête ! Un accident est vite arrivé !

C'était lourd à la main. Devâme braquait le paysage défilant, en évitant soigneusement de toucher à la gâchette. Il fermait un œil, pour mieux viser…

— Donne, avait insisté Beurré. Moi, mon père il m'avait appris. On faisait des cartons, à la cave. Sur les rats, mon vieux ! Entre les yeux, ça loupait pas !

— Écrase, tu veux !

— Même que les voisins ils gueulaient, mon vieux ! Moi je pouvais dégommer une perle d'épingle à chapeau sans déranger le chignon ! Donne ça ! Je vais te montrer…

— Tu nous fatigues !

À tripoter l'engin, Devâme avait pu dégager le barillet. Il y avait bien six balles au complet, qui pouvaient sortir par l'arrière. Il avait autorisé les autres à les prendre en main. Alors ils examinaient, faisaient glisser entre les doigts.

— Ils vont bien s'en rendre compte ! avait râlé Aristide, vexé. Ils vont téléphoner. Avec ta connerie, on va avoir les flics au cul, en descendant à la gare de l'Est. On ferait mieux de balancer ça dans la nature.

— Non ! avait décidé le proprio, catégorique comme un Mirabeau de troisième classe. Je l'ai, je le garde !

— Mais qu'est-ce qu'on va en branler ? Réfléchis donc un peu !

— Je croyais qu'on était partis pour dégringuer le Boucher ? Hein, le Môme, c'est ton idée ?

— Oui.

Les deux plus grands semblaient revenir de loin.

— Tu sais, faut réfléchir. Un général, tu piges, il doit avoir partout des mitrailleuses chez lui. Et puis ce truc-là, on sait même pas si ça pète vraiment le feu.

Devâme avait refermé le barillet vide. Il le faisait tourner en appuyant sous le pontet. On voyait un petit truc qui bougeait, revenant en arrière et puis claquant sec contre ce qui aurait été l'emplacement du cul de la balle.

— Tu vois que ça marche ! Général ou pas, mon vieux, on fait la loi avec ça !

— Bof ! Ça vaut pas une bonne grenade, que ça leur en foutrait plein le cul, avec de la fumée !

C'était tout de même curieux, pensait le petit. Curieux de constater que plus on devenait vieux, plus on se contentait de bavasser sur ce qu'on n'avait pas et qu'on n'aurait jamais, histoire de se sentir quelqu'un. Et là encore, comme pour son calcul mental, ce n'était pas les mots qui lui venaient, mais une impression profonde comme un puits. Celui, bien sûr, de cette sacrée Vérité qui mirait son minois et ses fesses dans l'eau pure. Oui, peut-être était-ce simplement une question de pureté.

— Faut retourner à Neuilly et le descendre, les gars ! Ou alors, qu'est-ce qu'on est ?

Gênant, ce petit merdaillon qui les mettait au pied du mur !

— Écoute, Môme, entièrement d'accord. Mais un coup, ça se prépare, comprends-tu ? Qu'est-ce que tu comptes faire ? Aller dans la villa du mec, et demander où qu'il est le général, et qu'il s'amène aussitôt comme une fleur, et pan !... Tu crois vraiment que ça va se passer comme ça ?

— Je sais pas, avouait honnêtement le petit.

— Bien sûr, tu sais pas. Tu es bien gentil, mais t'es qu'un môme.

Aristide à la balafre était charmant grand garçon. Il faisait la leçon comme un frère aîné, peut-être comme son frangin Grand-Jeannot porté déserteur.

— Il faut d'abord reconnaître les lieux, tu piges ? Alors on se planque bien. Lui, il passe et pan ! dans la gueule ! C'est pas vrai, les gars ?

— Sûr ! avait appuyé le gars Beurré. Et moi je suis pas fort en calcul, mais je dis que ça fait seulement une balle et qu'il en restera cinq. Alors faut aussi connaître les adresses de Pétain, Mangin,

Clemenceau et tout le bordel. Aussi sec, on prépare le coup, et paf ! mon vieux, la tête ça éclate, j'ai vu ça sur les rats, y a la cervelle qui dégouline sur les médailles, mon vieux ! Qu'est-ce qu'on pourrait se marrer ! Mais faut de la préparation, tu comprends ?

Il n'y avait pas à s'y tromper. L'outrance même des propos prouvait que ces copains-là n'avaient guère envie de se mouiller. Bavasses et coups de gueule, on aurait cru des généraux qui préparaient sur le papelard des puissantes victoires immortelles en matraquant la piétaille.

— ... Même qu'on irait aussi chez les Boches, mon vieux. Et le Kaiser, et le Conprince, clac ! Dans la gueule !

Plus, bien entendu, le roi d'Angleterre et le général « Persinge », il fallait être juste ! Ça commençait à faire beaucoup pour les six mignonnettes à cul doré... Mais l'argument ne tenait pas. Pourquoi ne commenceraient-ils pas par dévaliser un arsenal ?

Le parrain Deveau était lui-même gagné par la grandeur du futur exploit.

— Oui, mais c'est moi qui tiens le pétard !

— D'accord ! condescendaient les grands. Ce qu'il nous faut, c'est des crapouillots. Tu piges ? Même plus la peine d'entrer dans la villa du mec. On s'installe au trottoir et crac ! boum ! plouf ! dinginding ! Tout s'écroule sur le mec et ses larbins !

— Certain ! Et alors on entre, on voit le mec plein d'étoiles écrasé sous une poutre. Il gueule : sauvez-moi ! On lui répond : mes couilles !

— C'est ça ! Rappelle-toi, qu'on lui dit, rappelle-toi des pauvres mecs que tu as fait crever pour gagner cinquante centimètres de gadoue ! Que même maintenant dans les tas de squelettes, ça gueule encore comme des loups… hou-ou !

Assurément, les gamins avaient été fort impressionnés par cette horreur du champ de bataille. Ils perdaient pied, ça foutait le camp dans l'imaginaire, ils se sentaient devenir de grands redresseurs de torts, des chevaliers sans peur et sans reproche.

Le Môme restait dans un coin à la vitre, regardant défiler les poteaux télégraphiques. Ce genre de conversation l'emmerdait, comme un enfant perdu dans un salon de rombières. Il lui semblait que les autres alignaient les colonnes de chiffres d'une monumentale multiplication jamais terminée, alors qu'il avait déjà le résultat net et précis, comme celui qu'il avait noté en coin de tableau noir lorsqu'il avait été interrogé par le maître d'école.

Les autres avaient fini par le remarquer, isolé dans son coin.

— Eh, le Môme, tu fais du boudin ?

— Vous causez pour rien dire !

— Comment ça ? On travaille du chou, mon petit vieux, on prépare le coup ! Tu vois ça, un crapouillot ? Tu sais, ça balance des obus tout droit en l'air et ça retombe, craac ! Imparable !

— Et ça pèse combien ?

— Y a pas de problème. On arrête un taxi, toc ! Embarquez ça ! Et puis même, pas besoin de descendre au trottoir. On ouvre simplement la porte du taxi et boum ! Le coup tiré, on fout le camp à toute vibure !

Étaient-ils à ce point débiles ? Non, ils jouaient simplement... Comme des généraux de putsch ! Sauf qu'ils avaient peut-être notion des limites du jeu.

— Qu'est-ce qu'on déconne, les mecs !

Le raisonnable Deveau était revenu le premier aux réalités. Il avait remis les six balles dans le barillet, l'avait rebouclé. Il redevenait chef avec les attributs de la puissance. Rousseau-Beurré râlait.

— Et si c'est des balles à blanc, mon vieux ? Ça existe. Tu vois un peu, que tu crois descendre un mec et ça fait seulement plouf ! Il s'essuie le revers du veston et il demande à quatre gars de te filer la dérouille !

Inquiet, Devâme regardait la tête des pastilles de mort.

— C'est pas des « à blanc », ça brille !

— Qu'est-ce que tu crois ? Faudrait essayer, mon vieux ! Moi, j'ai l'habitude de ces trucs-là, ça m'a paru bien léger.

Essayer ? Au fond, c'était peut-être raisonnable. Et puis enfin ils avaient un grand désir de voir péter le feu. Le jeu changeait de forme. Contre quoi Devâme allait-il tirer ? Les cloisons de bois, c'était bien, on pouvait constater la profondeur du trou. Mais ça pouvait aussi bien transpercer complètement et amocher une personne dans le compartiment voisin...

— Pas si tu tires un peu haut !

— Et alors, peut-être que juste un mec ou une bonne femme ils regardent dans leur valoche…

— Au plafond, alors. On verra bien si ça fait un trou.

— Oui mais après, s'il pleut on sera tout cons !

Restaient la portière ou les banquettes en cuir dépenaillé laissant voir une bourre noire de crasse et sans doute pleine de vermine. On avait demandé l'avis du Môme. Sa réponse était prête.

— Tant qu'à paumer une balle, faut la tirer sur quelqu'un !

Douce horreur sur le visage des trois autres petits gars au crâne jaune.

— Eh, Môme, tu fais bien gaffe de ce que tu dis ?

— Oui. Et même, quelqu'un, je sais qui c'est !

— Le général ?

— Lui, ce sera plus tard dans la soirée.

— La soirée ? Mais, petit connard, on n'a rien préparé !

— Si on le fait pas aujourd'hui, on le fera jamais !

Le gars Beurré était peut-être bougrement fabulateur, et même épileptique pour bien faire le poids, mais ça ne l'empêchait pas d'avoir connaissance des gens. Il avait blanchi d'une colère qui creusait davantage encore ses orbites d'affamé chronique.

— Bon dieu ! Vous voyez pas que ce petit gniard nous mène par le bout du nez depuis le départ ? Y a pas de rapport, petit con ! On est des mecs honorables, avec des paters qu'on n'a pas fusillés parce qu'ils jouaient dégonfle !

Le petit se sentait de taille à répondre. Il tenait cela tout droit de la Maman.

— Ouais !... Ton père il faisait « bêêê... » comme un mouton à l'abattoir !

Il avait reçu la baffe sur le nez. Une seule, et pas forcément salope, mais ça lui sonnait les cloches, il entendait ouaoua !... Il pouvait voir les autres qui semblaient s'engueuler, et le grand Aristide qui repoussait Beurré sur la banquette.

Il saignait du nez, un petit rien pas grave. Il pouvait maintenant entendre le parrain qui frémissait du gosier.

— Je veux pas qu'on y touche !

Et, brave Devâme, il tenait le pétard pas forcément pointé sur quelqu'un, mais bien à hauteur d'estome, solidement tenu des deux mains. Ça pouvait, d'un rien, tourner au sale vinaigre.

— Ça va ! Ça va ! rembinait Beurré.

Il s'expliquait d'une voix blanche.

— Je veux pas qu'on dise que mon père faisait « bêêê », parce qu'il sauvait la vie des Parisiens !

— Et moi je veux pas qu'on dise que mon père jouait dégonfle !

— Allons, allons ! pacifiait le grand Aristide. À quoi ça sert de s'envoyer tout ça, alors qu'ils sont peut-être à s'embrasser dans le même tas !

Oui, ça ne servait pas à grand-chose, les mômes finissaient par en convenir. Ça se calmait et même le gars Beurré, en somme, s'excusait.

— C'est parti comme ça. J'ai jamais cogné un môme plus petit que moi ; c'est pas le genre de la maison ! Comme ça depuis des générations, mon vieux !

Il avait plusieurs fois laissé entendre dans la cour de l'orphelinat qu'il descendait en droite ligne du fameux Jean-Jacques Rousseau, mais c'était plutôt tombé le cul dans le ruisseau. Il était ainsi fait, pas mauvais gars mais besoin de s'en raconter, d'être autre chose que le petit délaissé au crâne ras, désormais sans famille, assisté, et donc triste petite racaille exploitable à merci.

Le grand Aristide avait passé au môme son mouchoir à la violette déjà taché de son sang.

— Fais simplement attention comme tu causes, petit. Et pour ce qui est de descendre quelqu'un avant le Boucher, moi je dis qu'on pourrait par exemple essayer sur un clébard. Hein, Devâme ? Mais c'est peut-être un peu trop petit à viser ?

— Où ça, le clébard ? Dans le train ?

— Pas forcé ! Moi je peux t'amener à Aubervilliers où qu'il y a plein de clébards, qu'on ne sait même pas à qui c'est. À moins que…

Et sans doute la faim recommençait à pincer l'estomac du grand.

— … À moins qu'on descende en pleine cambrousse. Pan ! Une vache, mon vieux ! C'est gros, tu peux pas la louper. Et puis après, on se tape des bifs !

— On n'a pas seulement un « boviknif » !

Ils n'avaient rien eu de sérieux sous la dent depuis la choucroute de la veille. Engagée sur cette pente la discussion menaçait de s'envaser.

Beurré s'était rapproché du Môme. Il voulait visiblement faire la paix, lui conseillant de pencher la tête en arrière, bien que le tout mince filet de sang ne coule guère.

— C'est rien… Tu vois, je voulais seulement te moucher un peu, et puis on ne tient pas debout, dans ce dur… Tu m'en veux ?

— C'est passé. Écoute, Rousseau…

Le petit ne se permettait pas de l'appeler Beurré.

— … Écoute, Rousseau. Hier, tu as dit comme ça que Maman elle avait des fils électriques sur la tête…

— Moi ?

— Je te jure que tu as dit ça, hier, avant que tu tombes. Tu avais déjà les yeux tout drôles.

— Souviens pas !

— Des fils pour faire des étincelles. Je te jure que tu as dit ça.

Le gars Beurré cherchait…

— Écoute, Môme, c'est toi qui as dit quelque chose comme ça, quand tu es revenu de voir ta mère.

— Non, j'ai pas causé d'étincelles électriques, je suis sûr !

— Aucun souvenir, mon petit Môme. Mais il paraît que c'est comme ça, à chaque fois.

Le Môme restait fermé, concentré sur un effort mental douloureux.

— Tu causais comme si c'était ta mère à toi. Comment qu'elle est morte, ta mère ? On l'a mise aussi chez les folles ?

Le pauvre Beurré malade avait fait la triste grimace. Il s'était montré l'oreille qui, à ce moment, était à peu près propre, juste un peu croûtée au pavillon.

— Ma mère est barrée avec un mec. Elle disait que je dégueulassais les oreillers. Elle m'appelait trou du cul... Elle disait qu'elle s'était assez fait chier avec mon père et qu'elle n'allait pas recommencer avec moi.

Il parlait doucement au petit. Arrière-arrière-petit-fils du grand Rousseau, ou pas, c'était bien une confession. Le Môme paraissait impressionné.

— Je suis sûr que c'est ma mère à moi que tu as vue. Tu te rappelles pas ? Que t'avais comme ça les bras en croix ?

— Moi ?

— Oui. Tu criais « Nnnon ! », et puis « M'man ! », et tu es tombé.

Les autres ne parlaient plus de possible bouffe et s'étaient approchés.

— Souviens pas ! répétait Beurré d'un ton désolé.

Le parrain Devâme avait donné son avis.

— C'est pas impossible, mon vieux. Un gars comme ça, en crise, il voit des choses qui viennent de n'importe où.

— C'est ma mère que tu as vue, insistait le Môme. Moi, ça m'a fait un peu ça, mais pas si fort.

Qu'est-ce qu'ils lui font avec des étincelles électriques ?

— C'est pour la guérir. C'est moderne, dans les médecins. Ils lui remettent de l'électricité pour la faire redémarrer, tu comprends ?

Le Môme semblait être aussi au bord d'une crise, pas forcément convulsive, mais avec les pupilles ramenées à zéro, comme s'il ne voyait plus rien que son monde à lui, son désir de profonde vengeance. Il respirait lentement. Il avait toujours sa petite gueule de môme tout candide, sans grimace de rictus féroce, mais sa voix muait, devenait presque, à huit ans et demi, celle d'un homme.

— Faut la tuer !

Les autres n'osaient comprendre et ne disaient rien. Ils avaient été plutôt soulagés lorsqu'il avait repris d'une voix plus normale :

— Elle habite au deuxième, avec son gabelou. Faudrait…

Il semblait revenir à lui, s'adressant au parrain.

— Dis, Deveau, tu me laisses deux balles pour essayer ?

— Mais… c'est que c'est grave, mon petit gars. Tu te rends compte ?

— Une seule, dis ! Si on arrive avant six heures, il est pas là. Il en restera cinq pour le Boucher.

Devâme était réticent. Il tentait d'expliquer doucement qu'il n'allait pas dégommer comme ça une bonne femme qu'il ne connaissait pas. Le gamin insistait.

— C'est moi qui tirerai !

— Mais comprends donc que c'est un coup à se faire alpaguer aussi sec. Ça fait du bruit. Toutes les portes vont s'ouvrir. Réfléchis !

— Je m'en fous ! Ils brûleront aussi !

— Comment ça ?

— On fout le feu ! C'est Maman qui l'a dit. Elle a dit comme ça que s'ils réussissaient à me faire mettre dans une maison de correction, elle foutrait le feu à la baraque ! Et qu'elle voulait les voir griller, sauter les étages, s'écraser au macadam ! Elle l'a dit, je le jure !

Les autres restaient mâchoire pendante, dépassés, tandis qu'il poursuivait, les yeux maintenant grands ouverts sur un sourire de tendresse.

— Ils ont réussi à la faire mettre chez les folles, ils vont payer, voilà tout !

Silence, dans le tintamarre. Puis le parrain au pistolet s'était assis à côté du Môme.

— Le feu, comment ça ? Tu n'imagines tout de même pas qu'on craque une allumette et que ça fait brûler une maison en pierre ?

— Y a quatorze litres de pétrole dans le placard, chez nous.

— Pétrole ?

— C'était pour la lampe. Faut arroser les marches et les paillassons.

On était loin de la prise d'un arsenal et du voyage à Berlin pour aller descendre le Conprince, mais en somme c'était plutôt excitant… S'il s'agissait de bourgeois dégueulasses, pouvait-on faire la leçon au petit Môme et ses quatorze litres de pétrole certainement plus réels que l'imaginaire mortier bousillant le Boucher des Hurlus ? Surtout que l'un n'empêchait pas l'autre. On pouvait toujours garder quelques litrons pour les balancer tout allumés chez le général Des Gringues ! Quels feux d'artifice en perspective !

Mais tout de même, on a de la morale.

Pour le Boucher, c'était d'accord. Il était en quelque sorte déjà jugé et condamné. Mais la bonne femme ? On ne tue pas comme ça une particulière sur simple caprice de môme. Fallait aussi la juger.

Son nom ? Le petit Lhozier du troisième étage ne savait plus bien.

— … Mais Maman et moi, on l'appelle la mère Venin.

— Qu'est-ce qu'elle a fait ?

— Elle insulte Maman, elle dit qu'elle fait le trottoir.

Devâme avait demandé sérieusement si c'était vrai. Non, Maman faisait des ménages. Mais on la traitait aussi de sale Boche, et de Bolchevik, alors qu'elle était née à Bagnolet. Et le Môme avait répété ce qu'il avait déjà dit, qu'on lui balançait des choux pourris, qu'on l'appelait femme de lâche, défaitiste, et qu'on voulait lui crever les yeux à la pointe d'un parapluie.

Les jurés écoutaient. Est-ce que ça valait vraiment de descendre la « femme Venin » et de foutre l'incendie à son immeuble ? Ils semblaient réticents.

— Mais, s'emportait le Môme, Maman a été obligée de lui filer la dégelée et de lui casser son pébroque ! Et savez-vous ce qu'ils ont fait, la Venin et son gabelou ? Ils ont été au Commissariat. Ils ont ramené les flics ! Ils ont dit qu'elle troublait l'ordre public !

Mouvement, chez les trois juges. Là, ça changeait tout ! Une cafteuse qui se filait sous l'aile des autorités constipées, on ne pouvait pas laisser ça là ! Mais on a une conscience. Est-ce que ça méritait vraiment la peine de mort ?

— On pourrait peut-être lui balancer des coups de crosse dans la gueule et lui casser les dents, non ?

— Elle a un râtelier.

— Eh bien on le fout aux chiottes et on tire la chasse d'eau !

— Mais enfin, Maman est chez les folles ! Elle ne voit plus rien, elle n'entend plus rien, on lui met des fils électriques ! Rousseau l'a vue comme je vous vois ! Coups de crosse dans le râtelier, c'est pas assez ! Il faut la tuer, et c'est moi tout seul qui vais la tuer. C'est la Justice !

Il y avait en ce petit bonhomme la puissance d'un messie. Et puis enfin, dans cette histoire, quelque chose avait frappé les gars… Les quatorze litrons de pétrole ! Ils n'avaient pas tellement l'habitude de ce genre de choses, mais ça pouvait faire un sacré feu de joie !

— Tu es certain qu'ils existent ?

— En bas du placard, dans la chambre de Maman.

— Tu as les clés de l'appartement ?

Non, bien sûr, il n'avait rien…

— … Mais la fenêtre de l'escalier est tout contre la fenêtre de la cuisine. Même qu'une fois je suis passé par là, parce que Maman avait oublié ses clés.

— Admettons…

Et les gars commençaient à discuter. Sans qu'ils s'en rendent vraiment compte c'était devenu leur affaire à eux tous. Foutre du pétrole sur les paillassons de bourgeois pourris, y mettre la flamme et attendre le spectacle, c'était bigrement prometteur.

Ils cogitaient comme de grands militaires. Pour le meilleur rendement il convenait de rendre d'abord l'escalier impraticable.

— Combien d'étages, ta maison ?

— Cinq.

— Pas la peine de monter tout en haut. On arrose à bloc, en bas, et on fout le feu ! Et qu'est-ce que tu veux qu'ils fassent ces connards quand ils flairent la fumée ? Ils ouvrent leur porte sur une vraie flambée de vingt mètres de haut ! Y a pas d'escalier de secours, non ? Dis donc ! Chouette papa, maman fume ! Quatorze litres de pétrole, les mecs, on fout le paquet ! On trouvera bien autre chose pour le Boucher des Hurlus !

Le train s'était arrêté de rouler à une gare de triage. Des gens étaient montés. L'audience était levée.

À Paris, gare de l'Est, ils avaient les crocs ! Il devait être trois ou quatre heures de l'après-midi, et pas question de se repointer au buffet de la gare qui affichait toujours sa choucroute alsacienne.

Aristide avait compté ses sous. Ça ne menait pas bien loin.

Ils s'étaient arrêtés dans le graillon d'une marchande de frites. Ils avaient bien essayé le truc des orphelins de guerre au crâne jaune, mais ça n'avait pas l'air de marcher fort auprès de la bonne femme.

— Pas de sous, pas de frites, mes petits gars ! Qu'est-ce que vous faites comme ça tout seuls dans les rues ?

Elle avait quand même fourni les cornets lorsque Aristide avait aligné ses pièces de bronze en retournant ses poches. Cette fois ils étaient complètement fauchés !

Les frites étaient plutôt nauséeuses, flairant l'huile de morue et poissant les doigts. Devâme tenait toujours le pistolet sur son ventre.

— On prend un taxi ? avait proposé Aristide.

— Pour aller où ?

— Je sais pas ! Des mecs qui n'auraient pas de morale, mon vieux, ils se feraient conduire dans un coin désert. Et là, le flingue sur la nuque ! « Aboule ton fric, larbin ! »...

— Ouais, mais nous on a de la morale. Et puis ces mecs-là c'est des travailleurs ! Non, faudrait plutôt se faire un gros mec plein de flouze.

Ils marchaient un peu au hasard. Ils avaient encore faim, et soif. Le plus parisien des quatre était peut-être encore le Môme, qui s'était parfois baladé avec la Maman sur les Grands Boulevards où, justement, on arrivait.

— Par là, c'est l'Opéra... Et par là, la République.

Malgré la grippe espagnole il y avait bien du monde sur ces boulevards. Ça changeait tout de même du champ des Hurlus où ils étaient encore à l'aube de cette journée, en tête à tête avec un monceau de squelettes.

Ici, la guerre finie avait un aspect autrement jouasse, avec ses lots de drapeaux français et alliés dans toutes les vitrines. Ce n'était plus la folinguerie en bouchon de champagne du jour de l'Armistice, mais les gens paraissaient encore tout gonflés d'avoir gagné la guerre.

Il y avait même un cercle de badauds qui entouraient des chanteurs. Et qu'est-ce qu'ils vendaient, ces goualeurs ? Justement la patriotique « Madelon de la Victoire » qu'on leur apprenait en classe !.. « Hein, crois-tu qu'on les a eus ! »...

Après tout, comme avait dit le petit Jésus, il fallait laisser les morts enterrer les morts. Eux donc, quatre orphelins, ils faisaient plutôt triste. Les regards passaient sur eux sans s'y arrêter. On devait les trouver gênants avec leur lavallière, leur blouse noire et leur crâne jaune sous le béret alpin.

Dans les bouquins il était question de la Grande Peste où, sur les places de la ville, on entassait les cadavres arrosés de poix et d'alcool, auxquels on flanquait le feu en y jetant des torches. Là, rien de semblable. Contrairement à ce qu'on racontait à Courbevoie, ces gens ne s'écroulaient pas au bord des trottoirs. Ils vaquaient.

Et les mômes, sous la direction du plus petit, baguenaudaient vers la République, la Bastille... Ils commençaient à en avoir lourd aux nougats, sans savoir exactement où ils allaient, visitant la Capitale en touristes.

La nuit d'hiver tombait. Et c'est lorsqu'ils avaient repéré le nom de la rue de Bagnolet sur une plaque bleue qu'ils avaient compris où le Môme voulait en venir. Mais quoi, la cause était entendue. On ne savait pas si on allait brûler la Venin tout entière, ou simplement son râtelier, mais on était les justiciers !

— Eh, les mecs, on n'a pas d'allumettes !

— Y en a dans le tiroir de la cuisine, avait dit le Môme. Je propose qu'on fait d'abord un passage devant la maison. Vous pouvez vous tirer si vous voulez. C'est mes affaires à moi. Je peux me débrouiller tout seul. Mais faudrait seulement que Deveau me passe le pétard.

— N'y compte pas trop, Môme ! Je suis ton parrain, c'est le pasteur qui l'a dit. Et si tu veux faire une connerie, je dis non ! Qu'est-ce que vous pensez du pardon des offenses, hein, les gars ?

— On voit que c'est pas ta mère qui est chez les folles !

— Tu ne tueras point ! C'est écrit dans la Bible. Y a pas mal de conneries, mais je dis que ça, c'est important !

— Alors, pourquoi as-tu chouravé le pétard, là-bas aux Hurlus ?

Ils étaient passés devant la maison. Il avait dit que c'était là, mais qu'il ne faisait pas encore assez nuit. Ils ne s'étaient pas arrêtés. Sans le vraiment chercher ils s'étaient remis deux par deux, marchant au pas, comme au départ trouillard de l'orphelinat.

Là, ce n'était pas les Grands Boulevards, et dans la rue on ne voyait personne. Ils avaient été jusqu'à la large artère des Sagouins de l'Empire. On les sentait vaseux, penauds.

— D'abord, les fameux litrons de pétrole, tant que je les vois pas, y a rien de fait !

— Facile ! avait dit le Môme. À moins qu'ils aient tout déménagé.

— J'ai la dent ! se plaignait le grand Aristide. Y a de la briffe, chez toi ?

Le Môme ne pouvait rien promettre. Peut-être des nouilles dans le petit buffet de cuisine ? ... Ça ne menait pas loin. Le grand ne semblait pas bien chaud.

— On est honnêtes comme on n'en fait plus, les gars. Mais peut-être qu'on ferait aussi bien de braquer une bonne femme, non ? Faut voir, c'est exceptionnel. On se taperait des galettes, les gars ! Plein le bide ! Avec les miettes aux petits piafs !

— Et la bonne femme elle file au Commissariat !

— Non, on l'attache ! Ou bien, juste un petit coup de crosse derrière le crâne…

Mais il valait encore mieux aller au plus direct.

— Tu connais une pâtisserie, Môme ?

— Plus bas, au coin de la rue.

— Eh bien, on y va ! Devâme braque la pâtissière, et on rafle toute la vitrine !

— Et si elle résiste ?

Alors là, Aristide pensait que ce serait un coup de la Fatalitas, mais enfin, pan ! pan !… Ils étaient en somme comme des explorateurs débarquant sur une terre nouvelle. Tant pis pour l'indigène ! D'abord la bouffe ! On voyait ça dans tous les livres d'aventures pour la jeunesse, édifiants au possible.

— Dis, comment crois-tu que les mecs ils ont conquis nos colonies ?

Mais tout de même, et le grand Aristide l'admettait volontiers, même avec un pétard à six pastilles il était difficile de conquérir Paris ! Ils redevenaient de purs héros.

— D'abord, y a des mecs paumés en mer qui sont restés des semaines sans becter ! Pour ce soir, on se contentera des nouilles du Môme.

Encore fallait-il y accéder ! Dieu que c'était difficile d'organiser quelque chose de convenable ! De plus, il y avait la bignole en bas et il ne fallait pas se faire voir, ni surtout faire du bruit avec ces saloperies de galoches cloutées… Ça devenait vraiment comme une équation au dix-septième degré, à la limite du possible.

Il ne faisait pas bien chaud dans les blouses noires serrées du ceinturon à boucle. Heureux qu'il ne pleuvait pas, mais le sol était encore trempé.

— On la caille, les mecs !

Oui, sûr qu'un bon incendie mettrait de l'ambiance ! Surtout maintenant que la nuit était tombée et que ça pouvait donner un sacré spectacle, les gens qui se jetteraient du cinquième étage !

— Qui c'est, les gens de ton cinquième ?

— Je sais plus. Y a une grande asperge, qu'elle est un peu dingue, elle m'appelle Jacquot. C'est pas Jacquot, c'est Michou !

Évidemment, c'était impardonnable... Le gars Devâme, celui-là même qui avait l'artillerie, paraissait désolé, doucettement pas d'accord.

— Oh, les mecs, les mecs, où qu'on va !

— On ne te retient pas ! Nous on n'assassine personne. On donne la leçon, c'est tout !

— Avec des bonnes femmes en feu qui se jettent du cinquième ?

— Mais qu'il est con, çui-là ! Y a les pompiers, mon vieux ! Ils sont là avec des échelles et des couvertures. Les gens ils rebondissent là-dessus... Zzim ! Ils se font pas mal ! Juste un peu arrosés. Hein, le Môme ?

Le petit ne voyait pas bien. Il savait seulement que Maman avait dit que tous ces salauds qui traitaient Papa de dégonflé, il fallait qu'ils grillent, qu'ils sautent et qu'ils s'écrasent sur le macadam !

— Tant que je ne vois pas les litrons de pétrole alignés, je ne bouge pas ! affirmait le grand.

Le Môme devait-il monter chez lui, et en redescendre une bonne demi-douzaine de fois avec un litre dans chaque main ?… Mieux valait qu'ils y grimpent tous… Et puis non, un par un… Et non encore : deux par deux ! En somme, c'était du même ordre d'idée que la préparation d'une offensive par un haut État-Major aussi connard, et aussi immature, sauf que là c'était eux-mêmes qui s'engageaient.

Le Môme était d'abord revenu tout seul à l'immeuble. Il avait peur, faut bien dire. Il avait les genoux qui flanchaient, mais il était passé en douce devant la loge où il y avait la plaquette jaune en simple carton : « Prière de dire son nom après 22 h. »

On était encore loin des 22 h. Il retrouvait son escalier qu'il connaissait marche par marche. C'était là qu'il était né, qu'il avait fait ses premiers pas, qu'il avait grimpé d'abord à quatre pattes, lors qu'il était encore tout mignard.

Mais maintenant il était grand, il était devenu l'homme de la famille et il portait en lui la Justice.

Il était passé au second, devant la porte de la Venin et de son gabelou. Était-il rentré, lui ?… Il s'était senti raffermi en arrivant au palier du troisième. La porte à droite, c'était là, c'était chez lui !

Il n'y avait pas les scellés, il pouvait s'en rendre compte au papillon tremblotant du gaz, mais c'était évidemment fermé.

Quelqu'un s'était fait la main sur le paillasson, et la porte était nue, inforçable.

Il fallait éviter de faire du bruit. Il avait ouvert doucement la fenêtre de l'escalier qui donnait sur la cour. Et là, tout contre, c'était la cuisine.

Alors il avait enjambé au-dessus du vide noir, et s'était retrouvé à l'endroit du garde-manger extérieur grillagé. Ainsi, penché on pouvait voir sur la gauche le parc de l'hospice Debrousse, un peu plus loin. C'était là qu'on entassait des incurables, la plupart invalides de guerre, avec des balles shrapnel dans la colonne, ne pouvant plus bouger et que pratiquement on ne voyait jamais.

Il fallait donc entrer chez lui, mais la fenêtre était fermée. Il avait donné un coup, puis un autre coup de galoche. La vitre s'était fendue. À coups d'épaule il avait poussé, et tout un pan de vitre était tombé sur le carreau de la cuisine, presque sans bruit.

Il avait passé la main et avait pu ouvrir l'espagnolette.

C'est en mettant le pied à terre qu'il avait écrasé la vitre. Et là ça avait fait du bruit, à croire que tout l'immeuble allait être alerté. Il était resté un moment sans bouger, le cœur dans les oreilles.

Ça n'avait pas l'air de réagir. Alors il avait fouillé à tâtons sur le buffet, il avait trouvé la boîte d'allumettes et le quinquet-pigeon qui servait pour aller à la cave, chercher le charbon, ou se mettre à l'abri au moment des alertes aux gothas.

Il semblait que rien n'avait bougé. Au brise-jet du robinet l'eau gouttait toujours, tic ! tac ! toc ! comme marche funèbre.

Il était chez lui. Et gros sur le cœur, violente envie de chialer. Seulement voilà, l'homme de la famille ne pouvait se permettre de craquer !

À la porte d'entrée il avait pu facilement ouvrir le verrou. Mais pour la serrure, c'était autre chose. Il aurait fallu une clé, qu'il n'avait pas. Heureusement qu'une fois il avait vu la Maman aux prises avec cette même serrure bloquée et qui avait défait quatre vis dans le tenon.

Le tournevis était dans un panier, juste au placard de l'entrée. Il avait posé le quinquet au parquet et avait entrepris de dévisser. C'est alors qu'on avait gratté à la porte. Il avait eu comme un coup de fouet dans les artères, ayant quasiment oublié les copains.

C'était le parrain Deveau. Encore un peu, et il avait pu entrer, la main plus que jamais crispée sur le ventre. Aux dernières nouvelles on en avait ainsi décidé, ils arriveraient l'un après l'autre, comptant environ valeur de trois minutes.

Le Môme était ressorti sur le palier pour refermer la fenêtre. Le bruit des galoches ? Finalement, il y avait la manière de poser le pied. Le pire était de buter une contremarche.

Le petit se sentait curieusement bien, sans doute parce qu'il était chez lui et qu'il retrouvait tout en place. À la lueur de la lampe Pigeon le buffet Henri II prenait des profondeurs mystères.

Là, sur la gauche, c'était son petit lit avec l'édredon rouge sous lequel ces salauds l'avaient étouffé. Et plus loin en entrant dans la chambre c'était la photo du Papa sur la cheminée, avec sa petite moustache et son sourire de Parigot.

Pas de portrait de Maman. La dernière image qu'il avait d'elle c'était celle de l'internée trop calme à blouse rose, qui ne l'avait même pas reconnu.

Il n'y avait plus de grande lampe à pétrole, et la table de la salle à manger avait été remise en place. Mais le Môme se souvenait de l'immonde bagarre, ou du moins du bruit qui lui parvenait lorsqu'il avait été relégué dans la chambre et que la Maman se débattait seule contre les bourriques.

Il avait allumé la suspension à gaz en grimpant sur une chaise, un genou sur la table.

Les deux autres arrivaient justement avec des mines de conspirateurs. Ils n'avaient croisé personne, c'était parfait.

— Où qu'elles sont, tes nouilles ? avait demandé Aristide.

On avait fouillé dans le petit buffet blanc de la cuisine. En effet il y avait des nouilles dans un paquet, mais un reste de beurre sous cloche était verdâtre et puait.

L'inquiétude venait surtout des allumettes. Il n'en restait pas beaucoup et elles prenaient mal.

— Et le pétrole, Môme ?

Les litrons annoncés se trouvaient bien dans le placard de la chambre. Certains étaient seulement fermés par un bouchon de papier enroulé.

Petit à petit les garçons s'affermissaient, parlaient plus fort.

— Vos gueules ! prévenait le prudent Devâme.

Ils regardaient partout, comme chez eux. Ils commençaient à voir les choses autrement. Fallait-il tellement se presser, alors qu'ils avaient des nouilles et des padoques rembourrés où s'allonger confort ?

Le grand Aristide prenait le commandement. Le lit du Môme était peut-être un peu étroit pour s'y caser à deux, mais dans la chambre le grand lit des époux pouvait bien offrir trois places. Et les voix remontaient insensiblement.

— Vos gueules ! répétait Devâme.

Il fallait aussi se méfier du piétinement des galoches.

— Tout le quartier doit déjà être au courant ! Sûr que si on veut pager ici, on se fait réveiller par les flics !

À les tâter dans la casserole les nouilles paraissaient molles. Alors le Môme avait sorti quatre assiettes et des couverts. Ils s'étaient installés sous la suspension, pour se taper les nouilles au gros sel... Rien de gastronomique, mais ça calait les joues.

C'est à ce moment qu'ils avaient entendu la clé dans le verrou. Et comme la serrure ne tenait plus, ils avaient pu voir qu'on poussait la porte.

— Il y a quelqu'un ?

C'était bien la voix aigre de la mère Venin. Sûr qu'elle était alertée par le bousin qu'ils faisaient depuis un bon quart d'heure.

Les garçons s'étaient levés, intimidés. Le Môme avait pu voir le geste rapide du parrain qui se hâtait de se débarrasser de l'arme compromettante, la planquant sous l'édredon rouge.

— C'est toi, Michou ?

Elle était dans l'encadrement de la porte, pouvant les voir comme ils la voyaient. Elle avait reconnu le petit, malgré son déguisement et son crâne tondu. Et, parole, elle souriait.

— Comment es-tu entré ? C'est moi qui ai les clés, tu vois... Ta maman n'est pas là ?...

Elle s'approchait encore, un rien larmoyante.

— Tu as appris ce qui est arrivé à mon pauvre bonhomme ? Il a été emporté.

Emporté, ça voulait sans doute dire que lui aussi était crevé de cette saloperie de grippe espagnole. Ça pouvait devenir plutôt gentil. Les copains n'étaient pas forcément foireux mais ils avaient tout de même les genoux dans le gosier. Convenait-il d'être aimable avec cette brave personne dans le malheur qui venait prendre des nouvelles de la Maman du petit ?

— C'est elle ! avait renseigné le Môme d'une voix neutre.

Mais ça flopait à plat. Ils n'embrayaient pas au noir devant cette dame sans doute nettement tartouille avec son tarin qui rejoignait le menton, mais suave comme une sainte du calendrier jésuite.

— Ce sont tes camarades de pension, mon petit Michou ?

Oh, la sale faux-cul ! Le Môme en tremblait sur place, incapable de répondre.

Elle se faisait encore plus sirupeuse, leur demandant ce qu'ils mangeaient là… Des nouilles à l'eau ? Ce n'était guère nourrissant !

Elle avait senti le courant d'air qui venait de la cuisine, avait braqué la lampe électrique qu'elle tenait en main.

— Vous avez cassé un carreau ? Mais voyons, petit bêta, pourquoi ne m'as-tu pas demandé les clés ? Je suis responsable, vois-tu, devant le propriétaire et le commissariat. Qu'est-ce que je vais bien pouvoir dire ?

Elle n'avait aucune raison de paniquer, ne pouvant imaginer que ces mômes étaient là pour lui faire la peau et foutre le feu à la baraque. Elle reprenait même du poil, devant ces gamins au garde-à-vous.

— Que se passe-t-il ? Vous vous êtes sauvés de votre pension ?

C'était encore le gars Rousseau qui avait tenté la conversation. Juste le mini, et pour une fois c'était du tout vrai, tout croquant.

— On revient des régions dévastées, M'dame. C'est pour la cérémonie sur les tas de squelettes où qu'il y a nos pères…

Mais l'attention n'était pas là. C'était le Môme qui touchait l'édredon rouge et qui avait retrouvé sa voix.

— C'est là qu'ils m'étouffaient tous les deux ! Et puis…

Et comme s'il y en avait décidément marre de causer dans le vide, il avait pris le pétard, des deux mains.

— Hé là ! avait fait la Venin.

Droit sur elle, à moins de deux mètres, il la pointait ! Son index gauche engagé sous le pontet, on pouvait voir qu'il appuyait, qu'il crispait. Il avait prononcé un « merde ! » d'impuissance. Tout se passait très vite.

C'est le parrain qui était venu près de lui. Non pour reprendre l'arme mais pour, sans un mot, débloquer le cran de sûreté.

Un quart de seconde plus tard, le Môme avait les deux mains secouées par le coup qui partait.

Ça avait fait un bruit à claquer les tympans. Mais pas même un cri de la Venin. Juste un ressaut brutal de toute sa personne, avant de s'écrouler comme si on lui fauchait les rotules… Vroum ! sur le tapis, comme bruit amorti d'encyclopédies tombant d'un rayon.

Sang-froid, ou saisissement, le Môme n'avait pas tiré une seconde fois. Il avait entendu Rousseau qui conseillait :

— Faut se tailler, les mecs !

Mais le grand Aristide, pas plus sadouze qu'un autre, se voulait simplement le droit à tout le programme.

— Et le pétrole, les mecs !

Chose promise, chose due. Ça faisait partie de l'univers des moujingues. Comme en toute occasion le plus duraille n'était pas de démolir mais de s'y décider.

En un rien de temps il y avait eu cinq ou six litres de pétrole répandus sur le tapis de la salle. Un bref instant, par simple humanité, le grand avait balancé des coups de tatane dans les côtes de la vieille rétamée, pour s'assurer qu'elle était bien crevée. On n'allait pas la faire brûler vive, cette sorcière ! Aucune animosité spéciale de la part des petits gars. Ils étaient comme à la guerre, ils nettoyaient une tranchée.

Aristide lui avait versé du pétrole dessus. Il avait même murmuré : « Pauvre vioque ! » Tout cela partait d'un excellent naturel.

Le Môme ne bougeait plus, pétard en main, qu'il s'était finalement laissé reprendre par le parrain.

— Viens, Môme, on fout le camp !

Il avait sur le cœur un effarant poids de chagrin. Pas remords, non. Ce qu'il fallait faire, il l'avait fait. Mais là, en regardant tout autour dans l'odeur de pétrole qui montait, il pouvait voir la suspension à lumière verte, le buffet façon Henri II, tout travaillé plein bois, les chaises aux dossiers à colonnettes avec rembourrage de cuir piqué par des clous dorés... Tout cela acheté à croume, il y avait plus de dix ans, par le pater anar, chouette ouvrier typo qui gagnait bien son bif qui avait été fusillé à Perthes-les-Hurlus parce qu'il ouvrait sa grande gueule de réfractaire au massacre... Et la machine à coudre de Maman, qu'on appelait la Singère, les murs au papier rayuré, avec des chromos et l'almanach des postes de 1917, les doubles rideaux à pompons cousus par Maman, et son coin à lui, ses anciens livres de classe, son vieux Boudoubou en peluche et ses patins à roulettes... Était-il possible que tout cela disparaisse dans le feu, parce qu'une nouvelle guerre était déclarée ?

— Reste pas là, Môme ! Viens ! Prends ça !

Et dans les bras on lui avait collé l'édredon rouge, encombrant mais léger. Qui donc dirigeait les opérations ? Il semblait que, du moment qu'il n'y avait plus à discutailler, chacun faisait ce qu'il avait à faire.

Le corps de la bonne femme restait inerte en travers du tapis. Les copains l'enjambaient comme s'il s'agissait d'une simple chaise tombée. Sans doute étaient-ils encore pénétrés de la vision de ces monceaux de squelettes, dans ces Hurlus du petit jour ? Alors, un cadavre de plus ou de moins, merde !

Le premier essai de mise à feu avait été plutôt décevant. Était-ce un pétrole de mauvaise qualité ? Ça n'avait rien de bien explosif, mais par contre ça répandait une épaisse fumée qui faisait tousser.

Ils s'étaient repliés dans l'escalier, juste au premier étage. Et là, très vite, ils avaient balancé l'édredon rouge et des litres de pétrole. Aristide était resté le dernier, pour mettre à feu.

Dans l'immeuble, même si on avait entendu le coup de feu, nul ne bronchait. Et dans la rue de Bagnolet on ne voyait personne sous les grands becs de gaz en fonte fleurie. Ils n'avaient pas à cavaler, ils étaient du monde bien. Peut-être seulement les galoches flairaient un peu le pétrole ?

Aucun commentaire. Ils se retournaient de temps en temps, mais on ne voyait ni feu, ni fumée, ni gonzesses qui se jetaient en flammes depuis le cinquième étage. Fallait-il retourner pour souffler sur la braise ?

Bien sûr le petit Lhozier n'avait pas fait exprès d'habiter là, mais un peu plus bas vers la ville il y avait la petite église de Charonne, toute campagnarde. Et surtout des escaliers qui grimpaient à l'aplomb de la rue, avec une plate-forme et une rambarde.

Et le spectacle avait commencé par du monde qui gueulait, mais dans le pâle éclairement des réverbères on ne voyait pas encore grand-chose.

Les premières flammes étaient apparues au troisième. C'était beau à voir, même d'un peu loin. C'était comme vivant. On aurait cru que le feu bâillait, se réveillait, qu'il se mettait sur le cul et se frottait les yeux.

Une grosse bouffée de fumée avait jailli et, un instant, avait caché la maison. On entendait des fenêtres s'ouvrir aux autres immeubles. On voyait des lumières, des gens qui se penchaient pour ne rien manquer.

On ne distinguait pas les détails, seulement les mouvements de la foule qui commençait à s'amasser.

— Ces cons, ils se passent des seaux d'eau ! certifiait Devâme.

Mais on avait entendu le « pin pon ! », comme pour une alerte de bombardement. Ça prenait forme !

Ils avaient vu passer la voiture des pompiers, juste en bas. Il y avait eu un moment de cafouille, puis une seconde voiture, et un projo qui avait brusquement éclairé la façade de la maison.

Là, ça devenait chouette, ils n'en perdaient plus une miette ! Des flics à sifflet faisaient reculer tous ces rats dérisoires qui prétendaient éteindre l'incendie avec des seaux, casseroles, bouilloires et autres ustensiles. On déroulait les tuyaux, dans le pout-pout ! de la motopompe.

Les petits gars se sentaient jouir, comme à une ouverture d'opéra dont ils auraient composé la musique. Et pas seulement eux prenaient leur pied, mais des quantités de bonnes femmes des arrière cours qui avaient soudain la fête à Neuneu dans ce bon dieu de quartier où il ne se passait jamais rien.

Alors, sûrement ça n'éclatait pas en applaudissements ou en sifflets comme sur les stades, mais à la rambarde de l'église ça s'agglomérait. Et tout ce petit monde avide prenait part, en divine solidarité de ceux qui restent toujours sur les bords.

Maintenant ce n'était plus seulement la salle à manger Henri II qui brûlait, mais la grosse fumée noire sortait du premier étage et du quatrième.

— C'est tout près de Debrousse ! constataient les gens.

Et pour un peu ils auraient pour la première fois réservé leur pitié fraternelle aux pauvres mecs en fauteuil roulant.

Bientôt tout le quartier était là. On était comme au cirque. Une nouvelle voiture s'amenait avec la grande échelle et un pompier à casque de cuivre qui grimpait dans les colonnes de fumée.

Des commères sc plaignaient, frustrées.

— On voit mal !

Sauvait-il quelqu'un, le brave mec, ou bien mettait-il une lance en batterie ? Juste derrière, à l'église campagne, on avait sonné la cloche. Vêpres, ou tocsin ? Des mémères se signaient. D'autres ricanaient.

Comme à la passerelle de commandement d'un haut navire de ligne, les mômes restaient fascinés, sans l'ombre d'un petit remords. Dans leurs livres de classe il y avait notamment un prince, ou un grand général qui, du haut d'une colline, voyait des régiments entiers s'étriper en contrebas et qui murmurait : « Ah, les braves gens ! » C'était alors ce qu'on donnait en pâture aux mômes d'enseignement primaire, pour bien leur faire comprendre qu'ils servaient au moins à réjouir le cœur des princes... Ah, les braves gens, donc ! Peut-être que dans cet immeuble de sombre connerie y avait-il deux ou trois innocents ; mettons même une dizaine... Mais qu'était-ce donc, face au glaive flamboyant de l'archange de Justice qui traînait dans la nuit ?

Il y avait peu de vent, et la fumée âcre s'étalait bientôt sur tout le quartier, faisant tousser les gens.

On avait vu passer une ambulance avec la croix rouge. Là-bas on distinguait la colonne de feu, ou du moins la lueur dansante qui illuminait le dessous du nuage de fumée.

« Opération réussie. Excellent résultat », auraient pu noter les gamins s'ils avaient été un peu plus militaires. Mais ils n'étaient que des mômes et ils s'emmerdaient d'avoir à rester trop longtemps sur un même spectacle.

— On barre, les mecs ? avait demandé le grand.

C'était ce qu'il y avait de mieux à faire. Ils venaient de se prouver qu'ils se conduisaient en vrais chefs. L'odeur des chairs cramées et le bruit des lamentations il fallait laisser ça aux mémères !

Eux, ayant pris leur mesure, ils avaient autre chose à faire !

Ils avaient eu du mal à se dégager de ce brave monde de curieux. Il fallait dire que, pour la plupart, ces gens sortaient d'une guerre dont ils n'avaient jamais connu que la bougie serpentine qu'on appelait rat de cave pour descendre au soussol.

Nul ne s'inquiétait de la présence de ces mômes en uniforme noir. Et l'odeur de pétrole attachée aux galoches se perdait dans celle de la fumée que des spécialistes finauds trouvaient semblable à celle du crématoire. Ces gens devenaient chiants !

— Qu'est-ce qu'on fout, les gars ?

Ils s'étaient retrouvés un peu plus bas, vers le cimetière du Père-Lachaise, à cette heure fermé.

Devâme avait toujours son pétard à demi enfoui dans le pantalon. Restaient maintenant cinq balles à tirer, et ils avaient le haut moral des vainqueurs.

— Où c'est qu'il crèche, le Clemenceau ?

Ils ne savaient pas. Ni d'ailleurs l'adresse de Mangin, mondialement reconnu comme le Boucher de Verdun. Par contre ils croyaient savoir où trouver le Boucher des Hurlus, directement responsable de cette horreur des tas d'ossements délavés où fraternisaient définitivement Français et Boches, indignes fusillés, ou glorieux pauvres mecs poussés au cul pour se faire assassiner.

Il y avait en ces temps des petites brochures à images, mal imprimées dans les chutes de journaux toute une littérature revigorante réservée aux moutards. On y voyait des histoires d'Indiens et de Covbois, mais aussi des mecs qui disaient à d'autres mecs qu'ils avaient déjà gravé leur nom sur la balle qui leur ferait un troisième œil… Il y avait une idée.

— Les mecs, moi je propose qu'il y en a marre pour aujourd'hui. Le temps qu'on écrive le nom du Des Gringues sur une balle, ça pousse trop loin dans la nuit.

— Dégonfle ?

— Oh, dis, gars ! Fais un peu gaffe ! Moi je suis pas d'avis qu'on arrive comme des cons devant les mitrailleuses !

— Quelles mitrailleuses ?

Et ça repartait à bavasser dans un futur indéterminé ! Dire que certains savantasses prétendaient que le langage était preuve de la supériorité de l'être humain !

Il était plus raisonnable de parler de bouffe immédiate. Car, il fallait bien le dire, les nouilles à l'eau ne leur avaient pas fourni des tonnes de calories.

Braquer une mémère, ce n'était plus possible dans le contexte. Mais par exemple ils pouvaient faire la manche, béret à la main et jaune d'œuf en batterie ?

Ou bien encore, carrément tous les quatre à goualer comme l'Armée du Salut, avec une bassine à passer dans les rangs pour récolter la picaille. En descendant l'avenue de la République ils cherchaient un peu quel cantique édifiant ils pourraient servir aux populations… Plus ce serait connard, et mieux ça rendrait ! Seulement voilà, on peut fort bien flinguer une sorcière et flanquer les flammes dans un escalier de pourris, mais jouer publiquement les débiles en chantant : « … Notre port est au Ciel… », ça devenait vraiment par trop déshonorant.

— Et puis, les mecs, y a des chances pour que nos premiers clients soient des flics !

Pour tout dire, ils étaient crevés. Et le grand Aristide se sentait l'estomac redevenu à la taille d'un petit pois.

— Je ne tiens plus, les mecs ! Faut faire quelque chose !

Jouer la fauche à un éventaire de primeurs, ça n'avait rien de bien excitant. Bouffer des trognons de choux, ou des épinards crus, buark ! Même si c'était bourré de fer nature.

Rousseau le beau parleur avait joué le va-tout en entrant dans une boulangerie.

— Renseignement, Madame... Pour Courbevoie, s'il vous plaît ?

Les trois autres étaient restés dehors, flairant désespérément l'odeur des pains dorés. Ils pouvaient voir le copain s'expliquer avec la belle aisance d'un fils de gouverneur. Il ne commettait pas l'erreur de tendre la pogne pour un croûton... Il racontait qu'ils étaient des orphelins de guerre, un peu perdus dans ce grand Paris, que le matin même ils étaient à la « cérémonie » sur les champs de bataille, pour déposer une gerbe sur les tombes des papas morts en braves...

C'était gagné ! Pour tout, il y a la façon de présenter les choses. Il n'était pas exclu que, plus tard, si ses crises nerveuses et ses troubles de l'oreille interne lui en laissaient le loisir, le gars Rousseau-Beurré fasse carrière dans la politique.

Brave boulange, elle avait fait entrer les orphelins. Et pas seulement dans la boutique mais dans la salle à manger à trois marches en contrebas. Évidemment elle avait repéré le Môme, d'une tête de moins que les copains. Déjà, elle l'appelait son petit Coco.

— Courbevoie, il y a un tram, au bout du métro.

— On a dû se tromper, M'dame.

— Vous avez peut-être faim ?

— Ça ne serait pas de refus, M'dame. Mais faut surtout pas que ça vous dérange !

Le gars Rousseau était parfait. Il avait certainement en lui l'étoffe d'un excellent escroc, ou celle très voisine de ce qu'on appelait alors un « homme du monde », directement issue d'un vieil Ordre moral. Tant qu'il n'y avait qu'à dégoiser, il fallait lui lâcher la bride.

Ils avaient englouti un entier calendot, avec de l'eau rougie et des masses de pain viennois apporté par le mitron.

C'était surtout de celui-là qu'il fallait se méfier. Il pouvait avoir dix-sept ou dix-huit ans, peut-être le fils de la maison. Il était là, suant dans son maillot de corps, la gueule en coin comme si on lui raflait son bien. Il avait tout de suite repéré Devâme qui se tenait le ventre et ne bouffait que d'une main.

— Ça va pas ?

La mère, ou simplement patronne, était remontée servir à la boutique. Alors le mitron guignait le frometon et les baguettes qui fondaient à l'accéléré.

— Z'avez l'air de sacrés crevards ! Et toi, qu'est-ce que tu planques sous ta blouse ?

— Rien !

— Qu'est-ce que t'as fauché ? Vous sortez de taule avec vos crânes rasibus ?

Le gars n'avait rien d'un athlète, mais c'était tout de même un grand et il était chez lui.

— On est des orphelins de guerre, avait tenté d'expliquer Beurré.

Mais l'autre lui avait dit : ta gueule…

— C'est à çui-là que je cause ! Montre un peu ce que tu planques !

— J'ai mal au bide, c'est tout !

— Tu paries que j'y regarde moi-même ? Faudrait pas trop me pousser ! Vous avez affaire à un Travailleur qui se crève le cul depuis quatre heures du mat' ! Moi, les « apaches » déguisés, je peux pas piffer !

Difficile de discuter. Ils s'étaient levés, conscients de n'avoir pas très fière allure, avec leur crâne à zéro et le sparadrap sur la joue d'Aristide.

— Allez, on se tire, les mecs !

— Pas avant que je sache ce qu'il a fauché ! La vieille est peut-être la poire fondante, mais moi je suis autrement coriace !

Il avait surtout un sale air borné de baladeur de pancarte. Impossible d'avoir le contact, et il n'était tout de même pas question de le buter.

Dans la boutique, la boulangère avait paru surprise.

— Vous partez si vite ?

— Demande-leur ce qu'ils ont volé ! accusait le mitron.

Devâme devenait blême et creux comme les crânes des Hurlus. Un mot de plus et il était capable de dégainer. Rousseau l'avait poussé dehors et il était sorti le dernier

— Charmante soirée, Madame ! Égard à ce que vous avez été chouette, on donnera pas suite !

Avait-il appris ça dans les livres ?

Plus bas vers la République, le gars Devame tremblait encore et bramait tout blanc, comme le fameux chameau qui passe par le trou d'une aiguille.

— Je l'aurais crevé, c't'ordure de puant !

— Calme, mec !

S'ils commençaient à envoyer la vapeur au moindre particulier qui les reluquerait de travers, ce n'était plus une mentalité. Ils étaient justiciers, certes, mais pas des « apaches », comme avait dit le mitron.

Le brave Devâme se demandait s'il ne vaudrait pas mieux filer le noiraud et ses cartouches à la première bouche d'égout. Non, non, il ne voulait plus de ce gros truc qu'il trimbalait depuis le matin et dont il avait pu apprécier le genre d'argumentation…

— Je te fais l'échange, avait proposé Rousseau.

Sur lui, il n'avait que le sifflet à boussole, mais à la Boîte il avait un porte-plume en arête de gros poisson sculptée et marquée : « Souvenir de Ploumanach ».

Ça ne faisait pas le poids, et Devâme s'en trouvait même offensé.

— Mamouses de bambinet !

— Mais enfin qu'est-ce qu'on va foutre de ton tourniquet, si tu es trop dégonflé pour t'en servir ?

— Moi, dégonflé ? Dis, tu as vu ça, tout à l'heure ?

— On a vu que c'est le Môme qui s'est mouillé !

— J'ai décliqué la sûreté, c'est tout comme ! La bonne femme, c'était à lui, mon vieux ! Faut du savoir-vivre !

C'était valable. Ils se tournaient vers le Môme.

— Qu'est-ce que t'en dis ?

Le Môme n'en disait rien de spécial, tout grinchu.

— ... Fatigué, merde !

Ils se retrouvaient sur les Grands Boulevards, traînant la galoche. Et sans être de grands habitués des lieux ils pouvaient constater une agitation anormale. Les gens s'arrêtaient, s'entamaient la converse, groupe à groupe, dans l'ensemble plutôt jouasses... Est-ce qu'on recommençait un armistice ?

Il y avait en tout cas un événement colosse. Des contre-groupes se formaient, qui faisaient la pâle gueule. Vers le boulevard Sébasto il devait même y avoir eu un affrontement entre citoyens pas d'accord. On voyait encore des flics qui jouaient de la pèlerine, protégeant surtout les vitrines défoncées.

On entendait des bordées de clameurs contradictoires.

— Crevée, la bourrique !

— Vive la France !

— À bas l'Armée !

Est-ce que la rumeur de l'incendie de Bagnolet et la crève de la Venin atteignait déjà les Boulevards ? Non pas ! Cet événement mineur resterait purement local, voisin de la rubrique des toutous écrasés.

C'est Rousseau qui, ramassant un canard du soir roulé en torchon sur le macadam, avait compris le premier le sens de l'événement.

C'était une manchette encadrée, en grosses lettres écrasées par des talons rageurs.

« *Le Vainqueur des Hurlus est mort !* »

L'instruction primaire permettait du moins de savoir ingérer l'intox au populo. Aucun doute, il s'agissait bien de « leur » général, brusquement décédé à la suite de « complications pulmonaires », autrement dit, rétamé par la grippe espagnole.

Immense frustration des petits gars ! Ils auraient dû hurler leur joie, mais eux les justiciers qui y allaient de ce pas, ou quasi, pour le flinguer en dépit des mitrailleuses, ils étaient pris de court, blousés. Ils se sentaient dans la gorge une variété d'héroïsme rentré, avec un pétard en trop, ramenés aux dimensions de frimants négligeables.

— Sale vache, il nous a eus !

En toutes lettres il était question de funérailles nationales prévues pour le surlendemain, avec descente des Champs-Élysées et exposition du cercueil sur l'esplanade des Invalides. Ça devenait dégoûtant !

Et puis surtout cette manchette nécro, indécente et provocatrice, reprise dans le cours des colonnes... « ... Ce grand meneur d'hommes qui ne s'avouait jamais battu, qui semait la terreur dans les rangs ennemis et que nos bons Poilus, fiers d'être sous ses ordres, appelaient affectueusement le Brave des Hurlus... »

Ce n'était pas possible ! On n'était pourtant pas au Premier Avril !

Les mômes, qui sortaient de voir ce qui restait des Poilus affectueux, en éprouvaient des trémulations indignées ! À ce point, se foutre de la gueule du monde, était-ce possible ?

Un autre incendie, plus dérisoire, illuminait un coin des boulevards, vers la rue Montmartre. Là ce n'était pas un immeuble mais un simple kiosque à journaux qui grillait. On entendait la trompe des pompiers bloqués par cette manif spontanée.

— Saligauds ! lançaient des groupes de réacs. Vive la France ! Vive le Brave !

— À bas le Boucher ! Mort aux vendus !

Oh, la riche idée d'avoir pris les Boulevards ! Les mômes étaient bousculés, mais ravis d'être là, à part le Môme épuisé qui traînait la patte.

— Foutez le camp, les mouflets ! C'est pas votre place !

Qui était qui, finalement ? Un mot d'ordre circulait : « Tous à l'Intran ! » Il était question de foutre le feu au journal, de balancer le personnel par les fenêtres, de démolir les rotos…

— Fumiers ! Bourreurs de crânes !

Et même une sourde rumeur débouchait des hauteurs de Montmartre, qui s'amplifiait, qui scandait…

— Le Boucher… Aux ordures !

Et ça chantait, en long dégueulando de cortège :

— Debout, les damnés de la Terre !…

Des petites dames qui jusque-là se poilaient commençaient à s'effaroucher.

— V'là les socialos ! V'là les bolcheviks !

Les mecs camelots du Roy se dressaient, prêts à crever jusqu'à la dernière canne plombée. D'autres, au contraire, reprenaient le refrain :

— Debout, les forçats de la faim…

Ça tournait à la vinaigrette.

Partout on bouclait portes et vitrines. Même les stations de métro fermaient les grilles du côté de la Bourse. Les mômes flottaient comme coques en océan, veillant surtout à ne pas se séparer. Le petit chialait, visiblement épuisé.

Il semblait qu'un peu plus loin ça se foutait nettement sur la gueule et qu'on commençait à chercher les racines, sous les pavés de la rue du Croissant.

— Restez pas là, les mômes !

Des projos de bagnoles étaient braqués et on entendait comme des pétards. Devâme se tenait toujours le ventre. Il avait flanché, chez le petit Lhozier, en planquant son arme sous l'édredon, et il voulait se racheter à ses yeux. Mais contre qui pouvait-il envoyer la purée, bon dieu ? Dans cette foule qui maintenant balançait des pavetons en direction des projecteurs il y avait de tous les bords, réconciliés contre la flicaille.

Et le raisonnable petit Deveau savait d'instinct qu'à la moindre pastille projetée contre les invisibles il y aurait une salve féroce et sans sommation qui commencerait peut-être les fastes d'une révolution.

Foutre ce lourd pétard aux latrines de l'Histoire, bien sûr... Mais quelle sacrée dégonflade alors que, juste là, ils s'étaient trouvés quasiment prêts à flinguer l'ignoble Boucher, que les larbins appelaient le Brave, par affectueuses victimes interposées !

Ils s'étaient retrouvés dans un corridor d'immeuble. Le Môme avait été bousculé et failli être piétiné ; ils l'avaient tiré de justesse.

— Ça va, Môme ?

— ... en ai marre ! Veux roupiller !

— C'est pas le moment. Tu reverras jamais ça dans ta vie !

— M'en fous !

— Tu vois bien ce qu'ils font, les gens ? Ça chie des flammes ! Funérailles nationales, c'est cuit ! Quel dommage que ce sagouin nous ait filé dans les doigts comme un vieux glaviot ! Il était à nous, on y allait ! Chiale pas, Môme, ça se retrouvera ! Les ordures, c'est pas ce qui manque !

— ... faites chier ! Sommeil !

Était-ce le désarroi d'avoir été ainsi floué par la fatalité ? Le pauvre Môme paraissait vidé, complètement épuisé d'avoir en somme porté mentalement ses potes à bout de bras...

On ne pouvait tout de même pas le mettre à dormir sur le ciment froid d'un corridor. Le plus sage était de rentrer à la Boîte. C'était triste comme toute défaite.

Évidemment il y avait la sorcière abattue et flambée comme une vieille crêpe non comestible, mais dans ce contexte de pré-révolution sur la sinistre crève d'un massacreur étoilé, ça ne pesait pas lourd. Ah ! ils étaient vraiment du petit monde !

— Entrez, les enfants ! Entrez vite !

C'était des vieilles gens du rez-de-chaussée, bignoles ou commerçants d'arrière-boutique. L'invite tombait à point, car un flot de refoulés envahissait le corridor pour échapper à une charge de police.

Il y avait déjà plusieurs réfugiés et notamment une rombière qui était donc à se promener sur les boulevards et qui en avait pris un coup sur la tronche. Elle saignait de l'arcade, mais ça ne paraissait pas grave.

— Des brutes ! Aucun respect pour le sexe faible !

Elle râlait dur, on ne savait contre qui. Ça sentait l'embrocation, sans doute le seul médicament disponible dans cette loge.

L'attention s'était tournée vers les enfants, surtout vers le mignard qui chialotait et répétait qu'il en avait sa claque.

Orphelins de guerre, comme ils s'annonçaient, ils avaient tout de suite la cote.

— Et que faites-vous là, mes pauvres petits ?

Difficile à dire. D'un tour d'horizon, Aristide avait pu constater qu'il n'y avait rien à grignoter. La rombière à chignon et chapeau se tâtait l'œil droit.

— Je dois être affreuse !

On lui avait passé un miroir pour qu'elle contemple ses dégâts. Et soudain… Soudain le gars Rousseau-Beurré avait fixé la longue épingle à chapeau.

— Oh, les mecs !…

Il semblait littéralement envahi d'une extase super.

— … L'épingle, les mecs !… C'est nous, c'est sûr ! C'est nous qu'on l'a occis !

Aucun besoin de faire un dessin, les trois autres avaient pigé. Même le petit s'arrêtait de chialer, d'un coup revigoré. Mais comment avaient-ils pu ne pas penser à ça plus tôt ?

La vieille dame du genre bignole les interrogeait.

— Que se passe-t-il, mes enfants ?

C'était trop beau pour le garder secret. Tant pis pour les réactions horrifiées, ça méritait le coup de clairon !

— C'est nous, M'dame, qu'on a tué le Boucher des Hurlus !

— Allons, veux-tu bien te taire !

— C'est la vérité vraie, M'dame ! Demandez voir aux copains si je mens !

Les copains avaient affirmé, de la tête.

— Voyons, vous ne savez pas ce que vous dites, mes petits. Vous êtes tout retournés par ces événements...

— On revient de là-bas, M'dame ! Y a des tas de squelettes hauts comme chez vous ! Le Boucher, on l'a coincé contre une porte. On lui a enfoncé une épingle longue comme ça dans le buffet, juste au-dessus de ses médailles !

— Oh, quelle horreur !

La rombière menaçait de tourner de l'œil. Les autres vieux commençaient à gueuler.

— Ça va comme ça ! Tu n'es pas drôle !

— C'est pas drôle, mais c'est la vérité ! C'est enfoncé jusqu'à la perle qui est même devenue toute rouge ! Hein, les gars ?

— C'est la vraie vérité ! Toute rouge comme du sang, parce qu'on a crié : « Crève, crève, salaud ! »

— Oh, arrêtez !

On se tournait vers la dame en demi-cocard et demi-pâmoison.

— Ne les écoutez pas, Madame. Ce sont des garnements qui doivent sortir d'une maison de correction, avec leur crâne tondu ! Allez-vous-en, sales petits voyous !

— On s'en va, M'dame. Mais on a dit la vérité !

— Sale petit menteur ! D'ailleurs le général n'était pas là-bas, du côté des squelettes. Il était chez lui. C'est dans le journal. Il est mort à l'aube et à son domicile !

— Bof ! Ce que disent les journaux...

En bonne place sur le buffet il y avait la pâle photo d'un troufion casqué, avec tout un coin masqué par un crêpe. Bien sûr, le drame était partout.

— Menteurs ! répétait le vioc. Vous n'avez pas honte ? Ah, elle est belle, la nouvelle génération ! Et dire que notre pauvre Augustin est mort pour ça !

Rousseau s'était dressé, fier comme la piété filiale des grands classiques illustrés. Sa force, c'est qu'il ne perdait jamais le bénéfice d'une leçon.

— Nos pères ont été fusillés parce qu'en 17 ils ont crié : « Non, y en a marre ! » contre ceux qui faisaient « bêêê ! » sur le chemin de l'abattoir !

Silence ! Le vieux brave mec avalait sa salive, au bord de l'arrêt cardiaque. On pouvait s'attendre au pire. Et chacun sait qu'en pareil cas le mieux n'est pas de rembiner mais de foncer plus avant.

Rousseau s'était tourné vers le copain Devâme. Il y avait indiqué le ceinturon.

— Montre-leur qu'on n'est pas des menteurs et qu'on était décidés à tout, pour crever c't' ordure étoilée !

Qu'est-ce qu'il y avait, dans la petite pièce ? Un vieux, une vieille, une rombière amochée et une plus jeune qui mouftait pas. Ça formait un public de patronage, on pouvait leur servir la saynète.

Devâme avait sorti le pétard. Il n'était pas du tout menaçant, il montrait simplement une pièce à conviction.

— Vous voyez ?

Ils voyaient. Les yeux s'arrondissaient. La rombière rengainait sa pâmoison et les vieux tendaient la nuque en avant, du genre : j'ai oublié mes lunettes ! Merveilleux silence durant lequel on pouvait entendre au-dehors les gueulements d'affrontement s'éloigner vers la rue du Sentier.

Rousseau avait pris le ton paterne du bon instite qui gronde une classe dissipée.

— Vous voyez ?... Faut pas comme ça traiter le monde de menteur parce qu'il a le crâne rasibus... Regardez plutôt la joue de notre copain qui s'est fait attaquer par une femme de mauvaise vie...

Ils regardaient docilement le sparadrap d'Aristide, tandis que le gars Beurré poursuivait :

— Elle existe, l'épingle à chignon. Tout comme la vôtre, Madame. On n'est pas des menteurs ! Imaginez seulement que vous enfoncez votre épingle dans la poitrine de votre mari. Ça passe tout seul entre les côtes, mais ça lui fout des sacrées « complications pulmonaires », comme ils disent dans le journal. Ça s'est bien passé comme ça, les gars ?

— Oui ! Absolument !

Il n'y avait plus de vulgaire indignation dans les regards de l'assistance. Ils pointaient surtout l'arme noiraude que Devâme tenait toujours à plat sur ses deux mains.

Personne n'était menacé, ils le sentaient, le combat des mômes était ailleurs.

— Mais, avait finalement bégayé la vieille, il… il n'a pas crié ?

– Ça, Madame, on s'en fout ! Mais sûr que ça lui a pas fait du bien !

— Il dormait ?

— Madame, il était sept heures moins cinq ! Vous avez déjà vu un général qui décanille avant sept heures ?

Sur toutes les bouches se dessinait maintenant le « Ho ! » d'une horreur dépassée. Ils n'avaient plus peur, ils étaient au spectacle.

— Et, voyons, avait demandé la vieille en désignant le Môme. Vous voulez dire que le petit mignon était avec vous ? Ce n'est pas possible !

— Non seulement c'est possible, Madame, mais c'est lui qui… Vas-y, Môme, dis ce que tu as à dire !

Le petit était maintenant tout à fait d'attaque, fatigue disparue. Il se savait l'Exécuteur, il avait un haut rang dans la Société.

— C'est moi, M'dame ! Tout seul, je peux le dire ! Même que d'abord ça ne voulait pas rigoler, puis ça a réussi à filer entre les côtes, comme il vous a dit.

Spectacle intense ! Ces gens semblaient comme matraqués par des répliques de Grand Guignol. D'un rien, ils allaient crouler en applaudissements ! Dieu, ils s'en souviendraient de ces petits mecs, même s'ils n'étaient que simples baladins ramasseurs de casquettes ! Vraie ou fausse, leur histoire ? Qu'importait ! Ils tenaient le plateau avec ce noir pétard à barillet mis à plat pour qu'ils voient que ce n'était pas un joujou de Noël.

— Où avez-vous trouvé ça ?

— Sur le champ de bataille des Hurlus, ce matin.

— Et… heu… ça fonctionne ?

Rousseau avait haussé les épaules, comme devant des demeurés.

— Ceux-là ! Ils demandent si ça fonctionne… On va quand même pas vous faire une démonstration, non ?

— Non, non, bien sûr ! Et qu'allez-vous en faire, maintenant ?

Le parrain Devâme avait le pistolet, mais aussi le cœur sur la main.

— Vous le voulez ?

Aucune protestation de la part des autres mômes. Tout était accompli, et ce gros truc les gênait plutôt. Le grand Aristide avait seulement émis une restriction prudente.

— Faut dévisser les pastilles !

C'était facile. Devâme avait ouvert le barillet, retiré les balles une à une, qu'il avait glissées dans sa poche de pantalon.

Déjà le grand-père tendait la pogne, un rien fausse tranche.

— Voilà qui est bien, mes enfants ! Vous êtes de braves petits !

— Attendez ! avait coupé Rousseau. Nous, faut qu'on prenne le métro et le tramway. Alors, sans vous commander…

Le bonhomme en tremblotait de concupiscence, comme si le pistolet nu avait été une pépée à poil.

— Mais bien sûr, mon gars, j'allais le proposer ! Voyons, combien veux-tu ?

Rousseau n'en savait rien. Les autres non plus.

— Une thune ! avait proposé le vieux, du geste de se ruiner. Mais il me faut les balles avec !

— Non ! avait dit Devâme qui tenait toujours l'arme.

— Non ! avait répété Rousseau. Y a rien de fait !

Ils n'avaient aucune vraie notion du fric, mais il était toujours excellent d'être dur en affaires.

La vieille était intervenue alors, mais pas du tout pour marchander. Elle ne concupisçait pas comme son époux. Pétoche estompée, elle devenait féroce.

— Faut appeler les agents !... Tais-toi, vieux, on ne fait pas ce genre de commerce ! Tout ça n'est pas bien clair ! Regarde donc ce grand-là qui dit qu'il s'est battu avec une femme de mauvaise vie... Hein, mes petits gaillards, vous avez l'air d'être bien pressés de vous débarrasser de ce revolver ? On aimerait bien savoir à quoi il a pu servir !

L'Aristide interpellé s'était touché la joue. Il se sentait costaud. Le vieux, il pouvait aussi bien l'étendre d'un coup de galoche sournois dans ce qui lui restait de couilles. Les bonnes femmes, ça comptait pour du beurre. Sauf peut-être la rombière et son épingle à chignon. Mais précisément comme un fort, il avait su rester calme.

— Remets une pastille ! avait-il seulement conseillé à Devâme.

Le parrain avait du moins fait le geste et refermé le barillet en murmurant :

— Les gens sont trop cons. Allez, on se taille !

Ils étaient sortis dans un silence de sépulcre.

Dehors on ne voyait plus que des pavés épars, mais la bagarre semblait continuer deux ou trois pâtés de maisons plus loin. Évidemment, ce n'était pas le moment de se faire embarquer.

Il y avait une bouche d'égout à vingt mètres. Devâme y avait jeté l'arme. Retournant ses poches, il avait balancé les balles au hasard. Ils redevenaient innocents comme des petits jésus.

Un peu plus loin ils avaient trouvé une station de métro ouverte. Ça s'appelait « Quatre-Septembre », c'était drôlement suffisant pour changer la conversation.

— Dis, mec, tu vois pas que toutes les rues seraient comme ça des dates ? Trois cent soixante-cinq rues, mon vieux, c'est moins con que des noms de généraux !

À la poinçonneuse de tickets, Rousseau avait sorti le numéro classique des petits misérables.

— Ticket, M'dame ? Mais on est des orphelins de guerre. D'ordinaire on nous demande rien !

Ça, avec l'air étonné, quasi scandalisé, ça passait comme une fleur. Ils se trouvaient de nouveau dans le métro, dans un air confiné qui puait le désinfectant.

Au milieu des gens qui s'évitaient l'haleine et dans le bousin terrible des roues métalliques sur les rails avachis ils ne pouvaient parler.

Ils avaient retrouvé l'air libre à la porte Champerret. Et oui, ils retournaient à la Boîte ! Les grandes pages d'Histoire ont des limites étroites...

Là, sur la place, dans un vaste coin d'ombre propice, on pouvait distinguer, non des nanas de mauvaise vie, mais un escadron de Gros-Frères immobiles sur leurs gailles. Ils étaient casqués, mousqueton barrant le dos, dans leur tenue de briseurs d'émeute, avec sabre au fourreau. Sûrement des « pros », avec retraite à trente-cinq ans pour avoir fait régner l'ordre et notamment fusillé les mutins, tandis que les « amateurs » se faisaient casser la gueule gratuitement dans les tranchées.

Sans doute étaient-ils là pour prévenir une ruée de mal contents qui s'en viendraient tirer le « Brave des Hurlus » par les pieds ? On ne touche pas à la Caste !

Les mômes avaient pris le tram, sans histoire.

La longue avenue de Neuilly était à peu près déserte, sauf aux intersections où des bouseux casqués montaient la garde par petits groupes. Il n'y avait aucun commentaire à tirer. Qu'on soit d'un bord ou d'un autre, on allait pouvoir appeler ça veillée de gloire, ou d'ignominie. De toute façon, ça s'assemblait comme cul et chemise.

Le tram avait son terminus au pont de la Seine. Les mômes s'étaient retrouvés sur leurs galoches, pas très farauds.

— Qu'est-ce qu'on va se faire engueuler, les mecs !

Et, même, le pauvre Môme chialait à nouveau. Ce n'était pas seulement caprice grinchu, ça lui venait des tripes, il hoquetait de chagrin.

Les trois autres se sentaient grands frangins, cherchant à le consoler.

— Allons, mon petit père… Courage, on arrive !

— M'en fous ! M'man, quand elle va sortir des folles, y a plus rien !

Certainement. Sur le tas, ça n'avait pu paraître qu'un très lointain détail, mais le Môme le ressentait maintenant comme une rage de dents. Il se mettait à la place de la Maman, un jour ou l'autre guérie, virée de l'hospice de la Croix-Blanche, pour tomber sur un désastre. Rien ! Plus rien à elle ! Obligée de chercher à « se placer », elle qui ne pouvait piffer la larbinerie.

— On a été cons ! On n'aurait pas dû mettre le feu !

Il était bien temps de penser à ça !

— T'en fais pas ! avait dit gentiment Rousseau. Ta mère elle est pas sortie de l'auberge ! Des trucs comme elle a, ça prend beaucoup de temps ! Hein, les gars ?

— Sûr ! disaient les gars qui n'en savaient rien de rien. Ça demande des années. Tu as le temps de grandir et d'avoir un métier pour qu'elle soit avec toi. Qu'est-ce que tu aimerais comme métier ?

— M'en fous !

— Faut pas dire ça, Môme. Faut réfléchir ! Loin de Bagnolet, hein ? avait proposé le grand Aristide. Pourquoi pas au Canada, mon vieux, ils causent français !

Il était peut-être le plus grand, mais pas le plus futé. Les autres avaient davantage mûri, en quarante-huit heures. Ils avaient dépassé le stade des rêves masturbes sur de simples cartes géo. Le parrain Deveau ne songeait même plus aux kangourous boxeurs, ou aux négresses fait-tout du fond des forêts vierges. Non, il revenait sagement aux confins de la ligne bleue des Vosges.

— Pourquoi qu'il serait pas schlitteur, mon vieux ? Ça doit être marrant !

Ça, au moins, ça existait. Sur les livres de lecture on avait l'image d'un mec qui descendait des rondins, ou des fromages, sur un traîneau aux mancherons façon rocking-chair. Chouette métier dans la glisse, avec un nom pas commun du tout, et la possibilité de filocher dans les descentes… De quoi faire germer des vocations !

— Tu as le grand air, les arbres, les petits oiseaux ! Et quand t'arrives en bas, y a ta mère qui te sert à bouffer !

Et sur le pont de la Grande-Jatte, au-dessus de la Seine en crue dont on entendait le flot contre les culées, le parrain mimait la glisse facile et marrante.

— Attends ! avait proposé Rousseau. Moi, je le vois plutôt berger dans les Landes, avec des grandes échasses et une veste en peau de bique.

Ça aussi, image du livre sur notre Belle France. Du vrai ! Du réel !

— ... Plein de moutons à toi. Et t'es grand comme ça, plus haut que le réverbère ! Tu fais des pas d'un kilomètre. T'es là-haut dans les nuages ! Dis donc, le petit Môme, qu'est-ce qu'il a grandi ! Nous, on passe en bas comme des pauvres péteux... Tiens, il pleut ! qu'on dit... Non, il pleut pas. C'est le Môme là-haut qui fait sa pissette !

Des bons copains ! Le petit en avait conscience. Ça donnait tout chaud au battant, comme une odeur de bonne briffe vivante de marrons au feu.

Les grands frangins redevenaient sérieux, tous complices.

— Pas un mot, les mecs ! On dit tous pareil, c'est entendu ! Bagnolet, on connaît pas ! Mais les Hurlus, c'est bon ! Même qu'on a posé des bouquets de violettes sur les squelettes !

— Mais alors ils vont bien voir qu'on a occis le général ?

— Aucune preuve, mon vieux ! Épingle à chapeau, nib ! On sait pas ce que c'est !

Et ils se dirigeaient doucement vers la Boîte par le Boulevard de Verdun, mettant au point un récit valable de leur équipée.

Le plus duraille restait cependant devant eux. Qu'ils le veuillent ou non, il allait bien falloir se farcir maintenant les malheurs du petit Jésus, comme s'il ne s'était jamais rien passé d'autre depuis bientôt deux mille ans !

Triste jeunesse ainsi condamnée au viol de sa conscience, comme dit l'autre.

DU MÊME AUTEUR

Aux Éditions Gallimard

Dans la collection Série noire :

Y'A PAS DE BON DIEU I, *n° 53.*

MOTUS !, *n° 170.*

LA BONNE TISANE, *n° 285.*

SANS ATTENDRE GODOT, *n° 310.*

LES LOUPS DANS LA BERGERIE, *n° 473.*

LE DRAKKAR, *n° 490.*

JUSQU'À PLUS SOIF, *n° 713.*

LANGES RADIEUX, *n° 763.*

PITIÉ POUR LES RATS, *n° 832.*

LA LUNE D'OMAHA, *n° 839.*

NOCES DE SOUFRE, *n° 878, et Folio Policier n° 47.*

LES FOUS DE HONG KONG, *n° 1312.*

LE GRILLON ENRAGÉ, *n° 1334.*

LA NEF DES DINGUES, *n° 1468.*

CONTEST-FLIC, *n° 1501.*

TERMINUS IÉNA, *n° 1559.*

À QUI AI-JE L'HONNEUR ?, *n° 1683.*

LE PIGEON DU FAUBOURG, *n° 1844.*

LE BOUCHER DES HURLUS, *n° 1881, et Folio Policier n° 191.*

LE CHIEN DE MONTARGIS, *n° 1930.*

AU BALCON D'HIROSHIMA, *n° 2007.*

Composition Nord Compo.
Impression Société Nouvelle Firmin-Didot
à Mesnil-sur-l'Estrée, le 3 janvier 2001.
Dépôt légal : janvier 2001.
Numéro d'imprimeur : 53993.

ISBN 2-07-041636-4/Imprimé en France.

97782